中公文庫

武将列伝　秀吉の四傑

海音寺潮五郎

中央公論新社

目次

武将列伝　秀吉の四傑

石田三成

一

豊臣秀吉がまだ羽柴藤吉郎といって、織田家の部将で江州長浜の城主であった頃、観音寺のあたりで鷹狩《たかが》りして、のどが渇いて観音寺に入り、茶を所望したところ、十二、三の寺小姓が、ぬるい茶を大碗にだぶだぶと盛って進めた。喫しおわってまた所望すると、中碗にやや熱くした茶を進め、さらに乞うと熱く濃い茶を小碗で進めた。

『気のきいた子じゃ。ただものでない』

と秀吉は感心して、住持に乞うて貰い受けて帰った。この少年が三成で、当時佐吉といい、年十三であったというのが古来の伝説である。

観音寺ではなく、長浜近くの某村 舜動院《しゅんどういん》であったという説もある。この方がよかろう。観音寺は安土近くの地名であり、寺名である。この寺のある観音寺は佐々木山ともいって、この数年前織田信長に亡ぼされるまで六角佐々木氏の居城のあった土地であり、寺は山下にあったという。長浜からでは遠すぎる。秀吉の領内でもない。

一方、三成の家は北近江の守護京極佐々木家（この時代は衰えて、家臣浅井氏に圧せられていたが）の被官の家柄で、長浜近くの北郷里《きたごうり》村石田に居住していたというから、秀吉の領内で、しかも長浜に近い村里の寺とした方が自然である。あるいは寺など点出したのは伝記作者の小説的工夫で、三成の方から領主様にお召抱えを願ったのかも知れない。旧主が衰亡して扶持ばなれしている郷士《ごうざむらい》が新領主に仕官を願い出るのはめずらしくないことである。

古今武家盛衰記という書物には、三成は源平時代の三浦党の勇士で相模の石田郷に居住し、木曽義仲を討取った石田為久の末孫で、久しく江州に帰農していたが、秀吉が織田家の中国軍司令官として姫路にいる時、行って仕えたと書いてある。勲功を立てた場所に近く所領をもらうのはよくあったことであり、その所領に故郷の名をつけることもよくあったことだから、あるいは為久が北郷里村を所領としてもらい、故郷の名をとって石田郷と命名し、代々居住して三成に至ったのかも知れない。三成の父は為成といったという。為成ではなく正継なのであるが、当時の人はよく改名するから、はじめは為成であったかも知れない。とすれば、その点からもそれ臭いといえばいえる。

ともあれ、三成は土民の生まれではない。郷士とはいえ、氏素姓のある家の生まれである。前述の通り父は正継といい、兄は正澄といった。正澄は相当才幹のある人物で、後に一万石の身上となり、木工頭《もくのかみ》に任官し、堺政所《まんどころ》につとめている。三成の文吏的才幹は血統的なものであったと思われる。

秀吉が信長の中国方面軍司令官となって姫路に行ったのは天正五年の初冬、三成十八歳の時であるが、この頃から、彼は秀吉の奏者《そうじゃ》をつとめている。奏者というのはとりつぎ役のことだが、主人ととりつぎを頼む者との間にあってその間の事務一切をとりしきる職だから、才幹もいれば、羽ぶりもきいたものなのである。年若くして、この役にあったということは、いかに秀吉が彼を買っていたかを語るものである。

その頃のこととして、古今武家盛衰記に、秀吉が彼に五百石の禄をあたえたところ、彼は、

「宇治川と淀川の両岸に繁っている葭葦《よしあし》は、郷民共が勝手に刈りとっていますが、これから運上をとる権利を拙者におあたえ下さい。お許したまわるなら五百石は返上いたしますばかりか、事ある時には一万石の軍役をつとめるでありましょう」

と願った。秀吉がこれを許すと、三成は一町歩につきいくらと運上を定めて郷民共から徴集し、その後信長が丹波の波多野氏を征伐する時、秀吉も出陣したが、三成はちゃんと数百騎をひきいて従ったという話を伝えている。名将言行録はこれを採用しているが、信じられない。秀吉が信長の一部将であった時代この地方を支配したことはないのである。三成が少年時代から才知抜群であったことを語ろうとしてのフィクションであろう。あるいは明智をほろぼした山崎合戦後、秀吉が一時山崎の宝寺に居城していたことがあるが、その頃の話がまぎれこんだのかも知れない。そうだったら一応筋道は立つ。

天正十一年から十四年までの間は、秀吉が近畿・中国・北陸・四国を征服し、東は東海の雄徳川家康を外交手腕をもって幕下に誘致し、天下人《てんかびと》となった期間であるが、この期間に、三成は秀吉の定めた五奉行の一人となっている。

「石田は諫《いさ》めについてはわが気色をとらず、諸事姿あるを好みし者なり」

と、この頃秀吉が三成を評したと、甫菴太閤記《ほあんたいこうき》にある。諫むべきことがあれば、おれが機嫌にかまいなく諫める剛直な男だという意味である。「姿あるを好む」というのは、武士らしい凜《りん》とした態度を好んだという意味であろう。

彼が従五位下治部少輔に任叙《にんじょ》されたのは、この期間の天正十三年七月である。

この後彼はずっと文吏的家臣として秀吉に奉仕しているが、いかに彼の羽ぶりがよかったかは、九州征伐前の外交交渉に、島津家から秀吉にあてた文書が秀吉の弟秀長と三成とにあてられているのをもってもわかる。秀吉の左右にあって書記官長的役目にあったのであろう。

彼は九州征伐において、大谷吉継《よしつぐ》、長束《なつか》正家らとともに糧食輸送の仕事を掌《つかさど》っており、役後秀吉の命によって博多の町の復興に尽力して、見事にこれを果している。博多の豪商で当時の大茶人であった神谷宗湛《かみやそうたん》と彼との親交は終生つづいているが、それはこの時にはじまったのであろう。

九州征伐後、秀吉は検地をはじめ、大仏殿を営み、聚楽第《じゅらくだい》で皇族や公卿から大名らに至るまで、多額の金銀を分与して、その額三十六万五千両に達しているが、三成はこれらのすべてを執掌《おうしょう》している。検地は秀吉の富力の根源をなすものであり、大仏殿の建立は秀吉の功業の記念碑を立てるとともに裁兵手段でもあった。秀吉は民間の刀を没収して、それをもって大仏殿に用うる釘をこしらえさせたのだ。秦の始皇帝は天下の兵器を没収して（秦の時代は青銅時代だったのであろう）、鐘鐻《しょうきょ》（鐘と鐘をかける台）・金人（銅像）十二を鋳造して、兵乱の起こるもとを絶ったというが、同じやり方だ。金銀の分配は、微賤《びせん》から成上った秀吉の劣性コンプレックスが逆にはたらいて、おのれの大気を示して人々を心服させるためにやったことだろうと思うが、当時の秀吉には必要でもあれば効果ある手段でもあったにちがいない。

以上の通り、いずれも、秀吉政府にとっては非常に重大なことだったのだが、このいずれにも関係し、見事にこれをやりとげている点、秀吉の信頼と三成の才幹をうかごうに十分であろう。

三成が江州佐和山城主となり、十八万六千石の領を食《は》むようになったのも、この頃のことであろう。加藤清正にしても、福島正則にしても、少年の頃から秀吉に近侍している連中が大体この頃に皆二十万石内外の大名になっている。

古来伝えられる有名な話がある。この以前、三成がはじめて二万石ほどの身上になった時、秀吉が、

「大名にはいい家来がなくてはならんが、そちはどんな者を召しかかえた？」

と聞いたところ、三成は、

「島左近を召抱えました」

と答えた。

左近は名を勝猛《かつたけ》、大和の筒井順慶の家に仕えて、一流の知勇として世に知られた人物である。秀吉はおどろいて聞いた。

「左近はそちごとき小身者に仕える人物ではないが、一体いかほどあてがっているぞ」

「一万石あてがっております」

「一万石？　そちは半分あてがっているのか」

「はい。今後、わたくしの知行がいかほどになろうと、必ず半分あてがうことにして召抱えました」

秀吉は感嘆した。

「主従の禄が同じであること、これまで聞いたことがないぞ。さてさて、思い切ったことをしたものかな。さればこそ、左近はそちのその志にほだされたのじゃ」

その後、三成が加増になった時、三成が約束をふんで半分を分ちあたえようとすると、左近は、

「その志だけで十分でござる」

と辞して受けなかったという話。

この話は古今武家盛衰記では、左近は秀吉に仕える目的で、三成に推挙を頼んだところ、三成はその頃から叛逆の大望を抱いていたので、手をつくしてその心を攬《と》り、自分の家臣としたとしている。その頃から叛逆の大望云々は、結果から見ての邪推としか考えられないが、左近が秀吉に推挙してくれることをもとめて、秀吉の覚えめでたい三成に身を寄せたことは大いにありそうなことだ。

当時世間ではこう言ったと、盛衰記にある。

治部少に過ぎたるものが二つあり
島ノ左近に佐和山の城

この島左近召抱えの一幕は、三成の器局の卓抜雄偉さをよく語っているが、こうした思い切ったやり方は、秀吉の方式で、三成はそれを真似したのであろう。当時の君臣の関係は、それがすぐれた君臣であれば、ある意味ではそれはすなわち師弟になる。当時は特別な教育の場はないのだから、主人の下で働きながら、主人のやり方をよく見て、精神をつかみ、方式をのみこみ、取捨塩梅《しゅしゃあんばい》して自分の方式を編み出したものである。秀吉や蒲生氏郷《がもううじさと》のやり方が信長のやり方に酷似《こくじ》しており、三成のやり方が秀吉に似ていることは、注意してこの時代の歴史を読む者は必ず気づくことである。

二

天正十八年に、三成は三十一歳になった。この年、秀吉の小田原征伐が行なわれたが、三成は彼にしてはめずらしく、武将としての仕事をしている。

秀吉は小田原城にたいして大規模な攻囲作戦をすると同時に、諸大名に命じて関東各地の北条方の城を攻略させたが、上州の館林城と武州の忍《おし》城の攻略を三成・大谷吉継・長束正家の三人に命じた。三人ながら五奉行の職にあるところを見ると、戦争専門の武将らが出払っていたか、秀吉が三人に特に武功を立てさせたいと思ったか、いずれかであろう。

三人は、佐竹義宣《よしのぶ》をはじめとして新付の関東の諸将をひきいて、先ず館林城を攻めた。三成は佐竹義宣と終生なかがよく、後年三成の急をすくい、また関ヶ原役の時も、関東で三成に味方しているが、その関係はこの時にはじまったものであろう。

館林城は北条氏政の弟氏規《うじのり》の属城で、沼沢の間にあって、中々の堅城であった。当時氏規は小田原城の西方最前線の伊豆の韮山《にらやま》城を守っていたので、この城は城代南条因幡守《いなばのかみ》らが五千人で守っていた。

この城はこの時から三十数年前にこの地の豪族赤井但馬《たじま》入道法蓮というものが、霊狐の指示と縄張によって築いたという伝説のある城であるが、関八州古戦録には、この時の城攻めに神怪事があったことを記述している。

寄せ手は三面から城におしよせ、鬨《とき》の声を上げながら攻撃にかかったが、城中の者が勇敢巧妙に防戦するので攻めあぐみ、遠巻きにして三、四日過ごしたが、主将格の三成としては、あせらざるを得ない。ある日、一策を案じて、諸将に提議した。

「この城の防備がこう固いのは、城の東南に大沼があって、その方角に備えを立てる必要がなく、三面だけを防げばよいからである。もし沼の方面からも攻めることが出来れば、敵の防衛力は分散して、弱まるはずである」

皆同意した。

そこで、近くの山から大木を伐り出し、付近の民家をこぼって、十分に材木を用意した後、三面からはげしく攻撃して城兵の妨害を封殺しておいて、材木を沼に投げこみ足場をつくり、忽ちのうちに八、九間はばの道を二筋、城壁までつけた。

日が暮れたので、総攻撃は明朝のこととして、各隊それぞれ陣所に引きとり、夜の明けるのを待った。すると、夜半、松明《たいまつ》を二、三千もつけて明々《あかあか》としている中で、何万人とも知れぬほどのおびただしい人数の声がどよみわたって聞こえた。寄せ手には

それが、普請《ふしん》でもしているように聞こえたので、

「城内にあれほどの人数がこもっているとは思わなんだが、ああもいるのかな。どうやら堀ぎわに柵でも結うているらしいぞ」

と思った。

城中ではそれが城外の様に思われたので、

「あなおびただしい敵兵かな。定めて新手《あらて》の勢が到着したのであろう。かほどの大軍に囲まれては、もう落ち行くこともかなわぬ。所詮明日はいさぎよく討死するよりほかはない」

と考えて、最後の酒宴などひらいた。

やがて、夜明けとなって、寄せ手は総攻撃にかかることになったが、沼の方に寄せた隊はおどろいた。昨日こしらえた道は材木が泥沼の中に沈んでしまって、とても人がわたれるものではなかった。友軍に連絡すると、諸将皆来たが、いずれも驚くばかりだ。

「これは何としたことぞ、昨夜普請の音と聞いたのはこれであったか」

と一応判断はしたものの、それにしても、腑におちかねる。とりあえず攻撃は中止したが、皆茫然としていると、北条方の降将北条氏勝が案内者として到着した。人々は委細を告げて、判断を仰いだ。氏勝はしばらく思案した後、城の由来を語り、

「城の守護神たる霊狐のしわざでござろう」

と結論したので、人々は身の毛をよだたせたというのだ。

こんな話は、もちろんそのままには信ぜられない。しかし、せっかく架けた桟道《かけはし》が一夜のうちに泥中に没し去ったのは事実にちがいない。底の軟弱な沼に、土台がためもろくにせず、材木を投げこみ投げこみつけた道だから、時間が立てば重さにたえず、泥中に吸いこまれるように崩れて行ったのは最もありそうなことだ。その際、材木と材木のきしみ合う音もしたろうし、ヘシ折れる音もしたろうし、泥に沈む音もしたろうし、泥水の泡立つ音もしたろうし、夏のことだから水草もあってそれに材木が触れて鳴りさわぎもしたろうし、それらが合すれば、相当さわがしい音になり、聞きようでは多数の人がざわめきながら普請しているひびきにも聞かれたろうことは、大いにありそうだ。二、三千の松明云々は、後世のおまけであろう。

こういう無気味な城を力攻めは無用であるというので、北条氏勝に命じて、降伏開城を勧告させた。氏勝はその旗じるしによって黄八幡と呼ばれて武勇の名が関東にとどろいていた猛将綱成の孫だ。北条氏の一門ではないが名字を許されて一門格になっており、先々代氏康の娘聟でもあり、北条の家中ではなかなかの人物だ。その勧告なので、城中も納得して、城をあけわたした。

こうしてとにかくも開城はさせたものの、三成にとっては名誉になる戦闘ではなかった。三成らは利根川を渡り、武蔵に入って忍城に向った。

忍は北埼玉郡の行田《ぎょうだ》に隣接した地で、城は行田の西南郊にあった。平城《ひらじろ》ではあるが、沼と深田にかこまれて、関東の七名城の一つといわれたくらいに要害堅固であった。城主は成田氏長であったが、これは小田原に籠城して城代らが留守していた。

ここでも地の理にはばまれて、寄せ手の戦況は思わしくなかった。六月四日から七日まで攻めたが、味方の損害ばかりが嵩《かさ》んだ。三成は地勢を見て、水攻めの計を立てた。備中高松城で、秀吉の戦術を見ているので、思い浮かんだのであろう。

三成は城の四方に堤をきずくことにして、付近の村々に触れて人夫を募った。忍城戦記によると、昼は米一升と銭六十文、夜間は米一升と銭百文をあたえるというふれ出しであったので、続々と人は集まった。このよい労賃に、城中からも人夫を出して米を稼がせ、それを兵糧として買入れた。これがわかったので、工事係りの役人らはおどろき怒って、三成に、

「しかじかで城中の者がまじっています。召捕って斬り捨てましょう」

といきり立ったが、三成は、

「田舎侍どもの浅はかな思案から出たことよ。やがて魚類《うろくず》の餌になることも思わず、一時の利をむさぼっているのじゃ。捨ておけ。捕えて斬るはやすいが、他の人夫共がこわがって来ぬようになろう。知らぬふりして、一時も早く堤を成就することにつと

めよ」

と言った。

かくて、数日にして、高さ一間ないし二間、基脚のはば六間の堤が、長さ三里半にわたって出来上った。三成は諸隊の陣を遠く堤の外にうつして、利根川の水をせき入れたが、すでに梅雨はあがって炎天つづきの季節になっているので、大したことはない。そこで荒川の水をせき入れた。水は次第に長堤のうちに満ちては来たが、「城兵高地に集り、さのみ困《くる》しまざりける」と関八州古戦録にある。北条記の記述は皮肉だ。この忍城は水辺にあったが、これまでも炎天がつづくと水が欠乏することがあった。こんどは、多数籠城していることとて、水不足でこまるのではないかと、人々案じていたところ、こうして敵から水をせき上げてくれるので「水卓散《たくさん》にて味方の満足とも申しける」とあるのだ。卓散は沢山のあて字である。
二、三日たって、六月十八日のことだ、午後の四時頃から大豪雨が襲来した。雷鳴のうちに車軸を流すばかりの雨が降りつづき、見る見る堤中の水位は上って来る。
「見ろ、城中の者今は魚類《うろくず》の餌食となるばかりよ」

と三成は喜んだ。ところが、その夜半、堤の方々が決潰し、ドッと奔出した水は渦を巻いて寄せ手の陣所を襲い、溺死する者数百人、堤内の水は全部流れ去り、城までの道はいずれも泥田のようになって攻撃に出るにはまことに不便というさんざんな結果となった。今はもう遠巻きにしているよりほかはなかった。

重ね重ねの失敗に、三成はあせらざるを得ない。月末になって、浅野長政と真田昌幸が援軍をひきいてやって来て、翌月はじめ、総攻撃の軍議がまとまり、七月五日のある時刻をその期としたところ、三成は時刻に先立って攻めかかったのだ。いかに彼があせっていたかがわかるのである。

長政は怒った。

「治部め！　ぬけ駆けするのか！」

と、直ちに攻撃にかかったが、こう散発的になっては成功しようはずはなく、どの隊も敗退しなければならなかった。

忍城はついに最後まで武力では陥落しなかった。小田原が開城したのは七月五日であったが、その後も頑強に固守して、七月十六日に城主の成田氏長が小田原から使者をつかわして開城するように命じたので、やっと開城したのである。

三成が実戦をこころみたのは、関ヶ原役以外にはこの両城の攻囲作戦しかないのであるが、どう見ても実戦の英雄ではない。運も悪いのであるが、運が悪くては英雄の資格はない。戦争など別してそうだ。せっかくのはじめての機会につづけざまに二度も失敗しては、もう人は買ってくれない。人が買ってくれなければ、戦闘司令官などというもののしごとがうまく行こうはずはないのである。将士に十分な信頼をもたれてこそ、司令官の能力は発揮出来るのである。

館林城の桟道《かけはし》戦術、忍城の水攻め作戦、いずれも秀吉の作戦ぶりに似ているだけに、それがこうもみじめに失敗したとあっては、世間の見る目は辛辣であったろう。

「猿真似をしおって！」

と、皆思ったに相違ないのである。

三

朝鮮役がはじまったのは、この翌々年である。三成は、増田長盛・大谷吉継らとともに渡韓した。彼らは秀吉が自ら渡韓すべきところを事情があって出来ないところから派遣されたので、いわば秀吉の目代《もくだい》であった。しかし、年若な彼らだけでは貫禄が足りないというので、秀吉はさらに黒田如水と浅野長政を顧問役として送った。

二人の顧問と三成らとの間が円満に行かなかったことは如水伝でのべたが、これは三成の性格をうかごうに最も恰好な事件であるから、三成の側からもう一度検討してみよう。

ある時、三成らが要務のために二人を訪問すると、ちょうど二人は碁を打っていた。

「通せ」

といって通させはしたが、輿の乗り切っている時だ、

「しばらく待っていてくれい。すぐすむからの」

と言いながら、なおうちつづけているうちに、石田らの存在を忘れてしまった。

三成らは腹を立て、散々に悪口を言って立去り、これを秀吉に報告した。

秀吉は怒り、間もなく二人が帰国すると、勘当を申渡し、しばらく目通りに出ることを禁じた。如水が剃髪《ていはつ》入道したのはこの時のことであるというのが伝えられる事実である。

ぼくはこの事件をこう解釈している。

この事件の第一の原因は三成と如水の性格にあると思うのだ。三成は壮強にして才を負うている人物だ。秀吉の目代の一人となって渡韓するにあたっては、満々たる自信があったろう。それだけに、二人の老人が自分らの上《うわ》おしの顧問としてやって来たのがおもしろくなかったにちがいない。ことに如水は自薦《じせん》して来ている。名将言行録に、如水が若い者ばかりでは貫禄がないから、諸将の心を一致させることは出来ない、朝鮮につかわさるべき人物は江戸内府か、加賀大納言か、かく申す拙者以外にはないと、秀吉に言ったとあるのだ。これが事実とすれば、このいきさつは内地にのこっている家臣や、親しい大名らが知らせてやるはずだから、三成も知っているはずで、益々おもしろくなかったろう。

「老いぼれ共、何をまごまごと朝鮮三界まで来たのだ。たとえ上様からご命令があったにしても、高麗には治部少《しょう》輔らが行っておりますれば、われらごときがまいる必要はありますまい、下世話にも船頭多くして舟《ふね》山にのぼると申しますと、辞退するのがよいのだ。しかるを、黒田など自薦してまで来たんじゃそうな。瘡《かさ》かきの出しゃばり爺《じじ》いめ」

くらいのことは考えたろう。三成は自信家であるとともに傲慢《ごうまん》でもあったというから。

こういう感情でいるかぎり、三成らが——思うに三成が発議して、出来るだけ老人らを無視することにつとめ、あまり相談をかけることもなく、かけても表面的なものであったにちがいない。

一方、老人側にしてみれば、三成の知恵才覚を買うには買っても、まだまだ青いと思っていたろう。如水が秀吉の謀臣であった中国征伐の頃、三成は小姓からやっと奏者番になったばかりだし、長政はまた長政で、秀吉の相聟（長政の妻おこいは北政所ねねの妹だ）で、秀吉が信長の一部将になった頃から家老役をつとめているのだ。「青二才め」といった気持が二人にはあったにちがいない。

その三成らがろくろく相談もかけないとあっては、これまたおもしろくないにきまっている。第一退屈でもある。碁でも打たなければやり切れまい。如水は機略のある人である。碁に夢中になったあまり、三成らの来ているのを忘れたというのも、三成らの思い上りをくじくためにわざと忘れたふりをしたのかも知れない。

とにかく、如水も長政も、このことが原因となって、帰国後秀吉に勘当を言い渡され、如水は剃髪入道したこと前述の通りで、この時から三成とは終生許さぬ仲になっている。

三成がまた相当党派心旺盛で、依怙《えこ》のふるまいがあり、愛憎の念によって、秀吉への報告を手加減したことは清正伝で詳述するが、この時から清正もまた終生三成と許さないようになるのだが、それは清正だけではなかった。黒田長政・福島正則・浅野幸長《よしなが》・細川忠興《ただおき》・加藤嘉明《よしあきら》・池田輝政らもまた彼と非常な不和となった。それは皆三成の強烈な愛憎の念から出る依怙心《えこしん》に反発してである。

あれといい、これといい、彼の人柄がよくうかがわれる。彼は自信強烈で、感情的な人間だったのだ。強烈な愛憎心も、旺盛な党派心も、依怙ひいきも、この二つの性質の合するところから出る。

もう一つつけ加えれば、彼は頭の切れる優秀な文吏だったのだから、ドライで、執《しつ》拗《よう》で、刻薄《こくはく》で、陰険なところもあったのではなかろうか。漢文ではこういうのを刻深といい、秦の商鞅《しょうおう》、漢の晁錯《ちょうそ》らのように、優秀な官僚にはよくある性格である。

ともかくも、才あまりあって、徳望の乏しい人物であったことは否定出来ないであろう。彼のこの性格上の欠点は、内地では秀吉の強い光に蔽われてそれほど目立たず、彼自身もまた相当おさえていたろうから、それほどのことはなかったのだが、朝鮮では秀吉は楯《たて》にならず、彼自身も抑制するところがなかったため、一時に多数の敵を作ってしまったと思われる。この時、出来た敵は、皆後年の関ヵ原役に敵側の最も有力な分子になっている。

朝鮮役が豊臣家のいのち取りであったことは言うまでもないが、三成にとってもまたいのちとりだったと言えるであろう。

朝鮮役では、日本の諸将は一人のこらずといってよいくらい、内心では和議を切望していたのだが、なかでも三成は最も熱心な和議主義者であった。彼が小西行長の講和工作を熱心に支持したことは周知のことだが、ぼくは小西の講和工作そのものが、そのはじめは三成の画策したものではないかとまで思っている。小西が終始一貫、講和工作をことととして、その達成のためには秀吉を欺瞞《ぎまん》し、また味方の秘密を漏らして利敵することすら避けなかった。これも詳しくは清正伝にゆずるが、最も恐るべき独裁君主である秀吉にたいしてこれほどまで大胆不敵なことを敢てすることが出来たのは、それが三成の指令によるものだったからだとしか考えようがない。

秀吉の朝鮮役の思い立ちは狂気の沙汰で、事前に諫止が出来ればそれが一番よかったことは言うまでもないが、一人として諫争した者はない。絶対独裁君主たる秀吉の周囲に醸成されている空気とその外征の熱情とが、諫争を不可能にしてしまったのであろう。だから、ぼくは、はじめてすぐ講和を事とするくらいならなぜ事前に諫争しなかったのだと、三成を責める気にはなれない。しかし、三成ら——大谷吉継も増田長盛も同腹だ——が、行長をして明側《みん》と折衝させてまとめ上げた講和条件では、秀吉の面目はまるつぶれだ。秀吉の要求は何一つとして容れられず、「爾《なんじ》を封じて日本国王となす」という冊書《さくしょ》だけを明の使者は持って来たのだ。

「日本には天皇《みかど》がおわす。おれが王となっては、天皇をどこにおき奉るぞ！　無礼千万なおせっかいめ！」

と秀吉が激怒して冊書を引き裂いたと伝えられているのはウソで、冊書は今日も完全な形でのこっている、秀吉が怒ったのはこちらの要求が何一つとして容れられていなかったからである、というのが、現代の歴史家の解釈だが、たしかにその通りだ。ここまで面目をつぶされては、秀吉たるもの、天下に顔向けの出来るものではない。古今無双の英雄をもって自任し、大言壮語のくせのあった秀吉だけに、なおさらのことであろう。三成ほどの明敏な人間が、どうしてそれがわからなかったか、不思議である。

ひょっとすると、秀吉はこの頃すでに耄碌《もうろく》していて、普通の人にはそれがわからないが、側近に仕えて、しかも頭の鋭い三成にはよくそれがわかったので、何とかごまかしてしまえると思ったのかも知れない。

これは大胆にすぎる想像のようだが、ある程度の証拠は挙げられる。秀吉は明使を饗応《きょうおう》するにあたっては明が日本国王用として贈った明朝の衣冠をつけており、その翌日冊書を受けた時には袍《ほう》は日本のものだったが冠は明から贈られたものをかぶっている。両日ともまことに機嫌よく、明使に応対しているのだ。しかるに、その翌日は勃然《ぼつぜん》として激怒して明使を追いかえし、行長を叱りつけている。上機嫌から一足とびに激怒に移るのは、老人にはよくあるくせだ。老衰すると頭脳が鈍ってくるが、元来頭脳のよい人は、風に雲が吹きはらわれるように、時々昔の冴えがかえってくる。鈍っている間は物事の核心がつかめず、言いまわしの巧みさや阿諛《あゆ》にみちた言葉づかいにくらまされて、上機嫌でいるのだが、とつぜん昔の冴えがかえって来ると、忽ちこの真相がわかり、愕然としておどろき、猛然として激怒するということになる。これは歴然たる耄碌症状の一つだ。この時の秀吉の喜怒の激変はこのように解釈されないことはないのである。

このように三成が和議をあせったのは、この戦争が豊臣家のゆゆしい禍害になると思ったからにちがいない。心事まことにかなしいものがあるが、その講和工作はまことに拙劣だ。国内の大名と大名との講和なら、味方の長所も弱点もぶちまけて、赤心を吐露しての工作が案外功を奏することもあるかも知れないが、民族を異にする国と国との交渉には、こんなやり方はいたずらに内冑《うちかぶと》を見すかされるばかりだ。この点、年が若いだけに、三成ほどの才人も苦労が足りなかったと言うことが出来るであろう。

四

慶長三年、三成三十九の時、秀吉が死んだ。八月十八日の深夜であった。死は五奉行らだけが知っていて、秘せられていた。改正三河後風土記には、こう出ている。秀吉が死んだ翌十九日の朝、三成は五奉行の筆頭浅野長政に、

「殿下のなくなられたことは、御遺言によってしばらく秘密にせねばなりません。されば、貴殿はこれからすぐ、淀鯉（淀川の鯉、日本一美味ということに室町時代からなっている）一尾と宇治の白茶《はくちゃ》（極上の茶をかくいう由）一袋を、殿下の仰せにて贈るとの口上をそえて江戸内府へお贈り願いたい。なお、添え手紙には、『今日はいささかご気分よく、白粥を少々召上られたほどでござれば、ご安心あるよう』とおしたためありたい」

といった。長政は、江戸内府は殿下のご依託で秀頼公の御後見となっている人であり、五大老の筆頭として天下の政務をあずかる人でもあれば、特別な人である、打明け申してしかるべし、さような腹黒いいつわりをかまえては、後日難儀なこととなろ

うと反対したが、

「内府ほどの人を欺いてこそ、秘することが出来るのでござる。なに、当分の間のこと」

と三成が言うので、長政はその通りにはからった。

「それはうれしいこと。これから次第によくおなりになることであろう。ご前よろしく披露申してくれますよう」

とあいさつして、家康は贈物を受けたが、すべて主君から下賜品があった場合にはお礼言上に出頭するのが礼となっているので、見舞を兼ねて、息子の秀忠を同道して伏見城へ向うと、三成は途中に家臣を出しておいてこう言わせた。

「当分かたく秘密にすべきこととなっていますが、ほかならぬ内府様でございますから、申し上げます。実は殿下は昨日ご他界になったのでござります。されば、内府様はお風気《かざけ》の由を仰せ立てられて、登城は延引なさいますよう。以上治部少輔《しょう》からの口上でございます」

家康はおどろいて屋敷に引きかえしたが、

「平生出入りして親しくしている浅野がしらじらしいいつわりを申し越し、かねてわしに好意を持たぬ石田がにわかに懇親ぶりをみせてこの秘事を告げてよこす。今の世態人情は不思議なことばかりじゃわ」

と言い、秀忠と相談して、にわかにその日の昼に秀忠を江戸へ出発させたという。秀忠が根拠地たる江戸にいれば、うっかり家康に手が出せないからであろう。

この書にはまた、前田利家のところにも三成から知らせたとある。

この話はこの書だけでなく、他にも記述した書物がいく種類もあって、大体ほんとだと思われるのだが、一体三成のねらいはどこにあったのであろう。

先ず考えられるのは、浅野長政を五大老中の両横綱である家康と利家から離間しようとしたのではないかということだ。長政はこの二人に信頼されて、常に親しく出入りしていたのだが、この事のために一時二人に不快な感情を持たれ、大へんこまったという話がある。朝鮮役のこと以来、長政は三成に含むところがあり、長政の子の幸《よし》長《なが》は清正と一巻《ひとまき》で、三成を憎むこと非常なものがある。浅野氏の不利をはかることは、三成にとっては理由がないわけではない。もし、三成の狙いがここにあったのなら、一応の成功は見たわけだが、間もなく事情が判明して、三成の方が警戒され、いやがられるようになっている。

次に考えられるのは、秀吉の死によって心細くなったので、にわかに両横綱にコネをつけようとしたのではないかということだ。三成に敵が多いことは、前に述べた。如水や浅野長政は年寄りで気が練れているから急にどうということもあるまいが、間もなく加藤清正・福島正則・浅野幸長・加藤嘉明・池田輝政・黒田長政・細川忠興などという人々が朝鮮から帰って来る。この人々は年若で勇猛なだけに油断はならない。秀吉が生きていればこそ、遠慮して胸をさすってこらえているが、それが死んだとなると、どんなことを企てるかわかったものではないのである。三成としては立寄るべき大樹がほしい境遇である。

たとえ彼に豊臣家にたいする熱烈な忠誠心があったとしても、あるいはあればなおさら、一時の急をまぬがれるために、節を折って、家康の庇護を頼む必要があるはずだ。

しかし、この策はこの点では逆効果であったとしか思われない。間もなく一切の事情が判明すると、二人はともに三成にたいして非常に不快な念を抱くようになったからである。こんな手のこんだ策をめぐらす人間ほど人にきらわれるものはない。庇護してほしいならほしいと、率直に頼って行けばいいのである。このように策をもてあそびすぎるところが、三成の性格上の最も大きな欠点の一つであったろう。

秀吉末期《まつご》の遺言で、朝鮮役は中止して、在韓の将士を引き上げさせることになった。将士らは十二月半ばまでには全部内地に引き上げて来たのであるが、三成がこれを博多に迎えて、清正に皮肉を言われたことは、清正伝で述べる。注意すべきは、これは氷山の一角であるということだ。三成にたいする憎悪は、清正において特に鮮明であるが、前述の諸将らもまた清正と同じように三成を憎悪していたのである。

このように、三成を憎悪している大名は多数あったが、三成と親密だった人々がないわけではない。毛利輝元・宇喜多秀家・上杉景勝・佐竹義宣・岩城《いわき》貞隆・相馬義隆らは無二の石田が与党であったと、改正三河後風土記にある。この時期に捕虜となって日本に来ていた朝鮮人姜沆《きょうこう》の書いた「看羊録《かんようろく》」には、増田長盛・佐竹義宣・伊達政宗・最上義光《もがみよしてる》・上杉景勝・長束正家・島津義弘・小西行長等が石田と党をなしているとある。

ここに上げられた人々を見ると、文吏派である増田・長束の二人と小西行長以外は、すべて秀吉にとっては外様《とざま》の大名である。三成を憎悪しているのは全部三成と同じく秀吉が少年期から養い立てた大名であり、三成に親しくしているのは外様大名であるという事実は何を語っているのであろうか。

思うに、外様大名らは秀吉によくとりなしてもらうために常に三成に取り入り、三成に媚びたので、三成またこれに好意をもつようになり、親しみが深くなったのであろう。

外様大名らが三成に媚びた事実は確かにある。徳富蘇峰翁の「近世日本国民史」にこんな話が書いてある。

毛利家の家臣で児玉某という者が貞宗の脇差を秘蔵していた。このことを当時の関白豊臣秀次に告げた者があった。秀次はほしくなり、毛利家に所望しようと心組んだ

が、まだそうしないでいた。ところが、三成はこれを漏れ聞くと、毛利輝元に、

「ご家来の児玉とやらが貞宗の脇差を持っておりますげな。関白様のお耳に達して、不日にご所望あるおつもりの由。いずれは召上げられるもの、拙者にくれるよう、仰せつけ下さるまいか」

と言ったところ、輝元は早速そのようにとりはからったのであるが、その時児玉にあてた輝元の手紙にこういう文句がある。

「かの仁《じん》（三成）当時肝心の人にて、中々申すにおよばず。大かた心得にて候」

三成が当時の権勢者《きけもの》であることはよく承知しているであろうが、念のために申し添えておくくらいの意味であろう。

百二十万石の大大名であり、二、三年後には五大老の一人となったほどの輝元が、これほど三成に媚びているのである。他は推して知るべしであろう。

これに反して、秀吉子飼いの大名らには、人を介してとりなしてもらう必要がないばかりか、同じ釜の飯を食って育った三成が虎の威を借って出頭人《しゅっとうにん》づらして羽ぶりをきかしているのが小癪《こしゃく》にさわり、あたり強く接したので、三成の方も面白からず思うようになったと思われるのだ。

もしこの解釈があたっているとすれば、三成の人物はかなり卑小なものになろう。外様大名らが三成に媚びるのは、秀吉のご前体《ぜんてい》をつくろってもらおうとの心からだ。

秀吉を恐れればこそのことだ。それを自分を敬し、自分を愛しているために、このように親しみを見せて来るのだと思い、これを信頼するにおいては、真の智者とはいえまい。冷たくあしらうのはもちろん悪いが、ギリギリのどたん場では頼りにならない人々なのだくらいの性根はすえておかねばならないのである。才人であったことは疑うべくもないが、人にちやほやされればうれしくなって、事の本質がわからなくなる感情的な人物であったことは否定出来まい。

彼が真に豊臣家のためには家康は恐るべき人物であり、豊臣家のためには早晩これを除かなければならないと思っていたならば、欲得ずくから尾を振って来る外様大名などを頼りにするより、豊臣家のためには働かなければならない義理のある人々と親しみ、その心を攬《と》っておくべきであったはずだ。そうしなかったのは、そこまでの深い思案がなかったか、思案はあっても感情的な性質のために出来なかったか、いずれかであろう。三成の評判は江戸時代にはひどく悪い。東照神君の敵だったからだ。明治以後持ちなおして、今日では大へんな人気になっているが、ぼくには相当反動的なものがあるとしか思われない。江戸時代の史家らは彼を「才あって智なし」と評しているが、あたっているように思う。少なくとも、ぼくは三成のような人物を同僚もしくは上役に持つことは真ッ平だ。媚びへつらう人間だけに好意を持つのだ。同僚や上役として、こんないやらしい人間はなかろう。太閤の死に際して同役の浅野長政をあざむいて家康と利家にコネクションをつけようとした手のこんだ術策など、陰険、陋《ろう》劣《れつ》、不信、不潔、言うべきことばを知らない。

五

秀吉が死んだ後、最も目立って来たのは家康の我儘であった。秀吉の生きている間、家康は恭敬《きょうけい》そのものであった。しかし、家康は力をもって秀吉に征服された者ではない。彼らが戦ったのはたった一度、小牧長久手合戦であるが、この戦いは秀吉によいところは全然なかった。常に後手後手とまわって、家康に押され気味であった。その家康を秀吉は最も思い切った外交手段で、やっと幕下にした。すでに人の女房になっている妹を離縁させて家康の後妻として送りつけたばかりか、母大政所《おおまんどころ》を娘の許に遊びにやるという名目で送っておいて、——つまり二重の人質を入れて、やっと家康を京都に呼びよせたのであるが、その日から三日にわたって夜ひそかに家康を旅館に訪問してさんざんにきげんをとり、最後に、

「明日正式の対面式を行のうわけでござるが、ついてはおり入ってのお願いがござる。ご承知のごとく、われらは卑賤の出生でござる上に、今日家臣となっている大名共は皆織田家にての朋輩でござるので、内心はわれらを主君と敬《うやま》う心がござらぬ。もし、

明日の対面式に、貴殿がわれらにいんぎんに拝礼したまわらば、必ずや、皆々、徳川殿すらこうであるか、われらこれまでは過《あやま》りたりと、心からわれらを尊敬するようになると思うのでござるが、そうしてたもるまいか」

と頼み入った。

家康が上洛して来たのは、戦いは一応こちらに分《ぶ》があったが、大勢はわれに不利である、このへんが恰好な握手時《どき》であろうと見きわめをつけたからだ。この期《ご》におよんで無駄な反抗などはしない。

「すでにおん妹聟となり、またこうして上洛いたしました以上、お為になることなら何なりといたすでござろう。ご丁重なるおことばをこうむりました以上、どうして違背いたしましょう」

と、答えた。

秀吉はよろこんで、

「さらば頼みまいらす。明日はわれらことさらに尊大にあしらいまするが、悪う思うて下さるなよ」

とくれぐれも頼んで辞去し、この打ち合わせによって、対面を行なったというのだ。

これは改正三河後風土記の記述であるから、徳川家に分のあるように書かれているには相違ないが、この程度のことがあったのは確かであろう。妹と母を二重に人質としておくっていることは事実だ。自然の発展としてこの程度のことはあるはずである。

これほどの家康だから、秀吉は常に家康に一目おいた。他の大名よりいつも一格上にあつかったのもそれ、関東平定後、賞賜を名として家康を東海道筋から関東に移したのもそれだ。秀吉は東海道筋の要地には数珠を連ねたように自らの取立ての諸大名をおき、甲州には腹心である加藤光泰をおいて、家康の京都への出口をふさいだ上、背後の会津に蒲生氏郷をおいて、家康を制肘《せいちゅう》しているのだ。いかに家康を恐れたかがわかるのである。

その家康は、ここが食えないところだが、これほど秀吉に恐れはばかられながら、少しも調子に乗らない。恭敬そのものの態度で、屈服しきっていた。もちろん、本心からではない。彼には秀吉に忠誠心を持たなければならない義理はないのだ。恩義という点から言えば、家康が秀吉に負うている恩義より、秀吉が家康に負うている恩義の方が大きかったとも言える。勝てはしないまでも反抗するには十分な力を持ちながら、家康が素直に屈服したればこそ、秀吉はああも調子よく天下を平定することが出来たのだ。

家康の屈服は、時運のめぐって来るのを待つ間の雌伏であった。秀吉の死はその時運の際会だ。家康がこれまでの結構人づらをぬぎすてて、実力にまかせて我儘の数々をはじめたのは、当然のことであった。

秀吉が死期がせまった頃、諸大名に命じてとりかわさせた起請文の条項の一つに、「御法度《ごはっと》、御置目《おんおきめ》の儀、今まで仰せつけられたるごとく、いよいよ相背《そむ》くべからざること」

というのがある。太閤様がこれまで定めおかれた諸法規には、今後も決して違反しませんという意味だ。

その法規の中に、「諸大名縁組の儀は、御意《ぎょい》をもって相定むべきこと」というのがある。諸大名の縁組は許可を得てすることという意味だが、家康は先ずこの法規を破った。伊達政宗の娘を自分の六男の忠輝の妻にめとったのが一つ、甥忠良（異父弟康元の子）の娘を自分の養女として福島正則の子正之《まさゆき》に嫁《とつ》がせたのが一つ、外曽孫小笠原秀政の娘を養女として蜂須賀家政の子至鎮《のりしげ》に嫁がせる約束をしたのが三つだ。しかも、これらはすべて秀吉が死んで五カ月足らずの間に行なわれたことだ。

他の大老や五奉行らはおどろきもしたが、腹も立てた。相談の上、慶長四年正月十九日、五大老と五奉行の間に立って調停役をすべく秀吉の設置しておいた中老の一人生駒親正と豊光寺の長老承兌《しょうたい》とを家康のところにつかわして詰問させた。

「太閤様御逝去の後、内府様のなされようは諸事まことに我儘しごくのように見えます。なかんずく、諸大名の縁組は上聴に達してお許しを得た上でするという掟《おきて》がございますのに、奉行衆にも大老衆にもご相談なく、勝手に取結びなされたこと、まことに奇怪であります。お申開きをうけたまわりましょう。もしお申開きにうろんな点あらば、奉行方、大老方ともに、内府様を加判から除き申すと申しておられます」と、「聞くもあらけなき口上なり」とあるから、ズケズケと言ったのだ。「関原軍記大成」によると、承兌が言ったことになっている。

家康は恐れ入るどころか、居直った。

「わしが皆に相談せんで縁組したのは、手落ちにはちがいないが、そなたらの口上を聞いていると、どうやらわしに逆心があると言いたげだの。証拠を見せてもらいたいの。また、わしの大老職を剝《は》ぐというたが、わしが大老の一人として秀頼公を補佐しているのは、太閤様の仰せによってのことだ。そのわしから大老職を剝いでは、それこそ太閤様の遺命に背くことになるのではないか。どうじゃの」

理屈も何もあったものではない。三百代言の言いそうな口上だが、力を背景にして言っているのだから、どうにも出来ない。使者らはすごすごと帰った。話はあと先きになったが、当時家康は伏見におり、他の大老や五奉行らは秀頼を奉じて大坂にいたのだ。

報告を受取って、腹を立てた。中にも家康とならぶ巨頭であった前田利家が腹を立てた。場合によっては一戦敢て辞せぬとの覚悟をきめた。これを聞いて、家康の方でも応戦の覚悟をした。

すると、大名らもひいきひいきに従って参じて、京摂の間は今にも戦乱の巷《ちまた》になるかと、大さわぎになった。

さわぎをここまで大きくしたのは三成であると思うが、「関原軍記大成」には一説としてまことにおかしな記事をのせている。生駒らが家康のところから大坂にかえって来て、人々の意見が硬化した時、三成は家康に内通して、

「この後大老や奉行らから大坂へ来ていただきたいと申し越しても、めったに御承引ないように」

と言いおくったとあるのだ。

雑説にすぎないと言ってしまえばそれまでのことだが、浅野長政をあざむいた時のことを考え合わせると、一概に否定も出来ない。もしこれが事実であったとすれば、当時の三成の心理はかなり検討を要するが、それは後に触れる。

さて、一時は今にも火を発するかと緊迫していた伏見と大坂との間は、間もなく和睦が出来た。それは家康にも義理があり、利家にも義理のある加藤清正と細川忠興とが両者の間を奔走し、中老の堀尾吉晴・生駒親正・中村一氏の三人を動かして、仲裁させたのであった。関原記によると、家康の方から、かねて懇意な堀尾吉晴のところへ井伊直政をつかわして和睦になるように働きかけたとある。戦さまで持って行くのは時機尚早と考えたのであろう。

かくして和睦は成ったが、家康がわびたわけではない。

「縁組のことについて御忠告にあずかったが、承知した。お互い介心《かいしん》をさらりと捨て、これまで通り仲よくしよう」

と家康が誓紙を入れたのにたいして、大坂方では、

「縁組のことについて忠告申し上げましたところ、早速ご同心下されて、御介心なき旨仰せ下され、一同感謝しています。仰せのごとく従前通り仲よくいたしましょう」

と、むしろ家康に感謝している。

六

間もなく、利家は病中であったのに、わざわざ大坂から伏見に出かけて家康を訪問し、家康また答礼と病気見舞をかねて利家を訪問した。

この両巨頭の交歓をよろこんで、諸大名らは利家の屋敷に参集したが、その時三成がやって来たので、人々は興をさましたと、松平家忠の日記に出ている。改正三河後風土記には、饗応半ばに三成が来たので、居合わせた大名らも、前田家の家臣らも、

「すわや事おこるであろう」

と驚いたが、三成は玄関の式台のところで、とりつぎの者に、

「今日はご珍客がまいられて、さぞご混雑のことと察し入ります。よってごあいさつまでにまいりました」

と言って立去ったので、人々は安心したとある。来るべからざる者が来たと、人々がおどろき、また不快に思ったことがよくわかるのである。しかし、三成はなんのために来たのであろう？

改正三河後風土記と「関原軍記大成」にはこうある。三成は前田邸に行ったあと、かねて親しい大名らに回文をまわして小西行長の邸に集まってもらって、家康のわがままと今度の和睦の不徹底を憤慨し、

「今はもう利家様も頼みにならぬ。豊臣家のためにわれらだけで挺身してあたらねばならぬことになったが、幸い内府は今夜藤堂邸に一泊しておられる故、押しかけて焼討ちするか、明日伏見への帰途を要して打果すか、いたそうではござらんか。今大名共にして、内府に心を通わしている者も多うござるが、内府をたおしさえすれば、この者共は心を翻してこちらに靡《なび》くのでござる。恐れることはござらぬ」

と述べ、小西またこれに賛成したが、京都所司代の前田玄以《げんい》が、

「おことばはさることながら、秀頼公のお膝元で合戦をはじめるはいかがなものであろう。また内府には味方する者多ければ、旅先きであっても警戒は厳重であろう。成功おぼつかないと存ずる」

　というと、増田長盛もいう。

「このことについては、治部少輔殿はいつもに似気なく短慮なことばかり仰せられる。先日大谷刑部少輔に会った時、刑部がこう言われた。『内府に敵意を持つ人々の中には、二種類ある。一つは秀頼公にたいする一筋な忠誠心からの人々であり、一つは内府を伐《う》つ機会にかねて遺恨ある者共を討果たそうと思うて、秀頼公お為というを口実にしている者共である。よくよく見分けて思案をめぐらさねばならぬ。内府を伐つは、内府の逆心が明らかになってからでよい。逆心明らかになれば、これを悪《にく》んで豊臣家に味方する者も多くなるから、伐つに造作はない。いそぐことは更にござらん』かように刑部は言われた。拙者はまことに道理と聞いた。短気な計画は思い止まるがようござる」

　議論となって決しなかった時、長束正家が、

「いずれのご意見も一理がありますが、拙者が藤堂家へ隠密を忍ばせておきました故、やがて帰って来るでありましょう。その報告をきいて、もし彼に警戒が手薄ならば、直ちに襲撃してよいでござろう」

　といっている間に、長束の隠密どもが馳せ帰って来た。その報告では、藤堂家には織田有楽《うらく》・福島正則・池田輝政・細川忠興・黒田長政・加藤清正・堀尾吉晴・有馬法印・金森法印・山岡道阿弥・岡ノ江雪斎らが集まって守護しており、家康の家臣とし

ては井伊直政・榊原康政・阿部正勝らがおり、人数は邸内にみちみち、外にあふれているという。襲撃計画は中止となったというのだ。だから、三成が前田家に行ったのは、様子を探索し、あわせて家康方に油断させるためであったと思われる。

　しかし、ぼくにはそれだけではなかったような気がする。身の安全をはかるために家康と利家とに媚びるためでもあったと思う。玄関で口上だけ述べて去っているのは、あまりにも空気が不穏だったからと解釈出来よう。探索と機嫌とりとでは矛盾しているようだが、思うに三成の心が揺れていたのではなかろうか。三成の立場は実に危いのだ。当時の三成としては、豊臣家の前途より、自分の身の上の方がさしせまったことであった。増田長盛が指摘しているように、家康を討つことにたいしていつもに似気なくあせっているというのもそのためだ。家康をたおすことが出来れば、天下の権は三成に集まり、加藤・福島ら彼を憎悪し、彼をおびやかしている者共は問題でなくなる。亡ぼさんと欲すれば亡ぼすことが出来、のこしておいたとて尾をふって阿付《あふ》して来るにきまっているのだ。しかし、家康をたおすということは中々の難事だ。虚心に考えれば、不可能に近いと思わざるを得なかったろう。それが常識だ。

　したがって、

「内府に気に入られ、庇護してもらうことが出来れば、それで一応身の安全は保てる」

と思案したこともあったにちがいない。

この心の揺れ、これが一見矛盾撞着している両様の行為となってあらわれたと、ぼくは考えたい。浅野長政を欺《あざむ》いて秀吉の死を家康に内報したこと、大坂から下って来いといってきても、聞き入れてはなりませんと家康に内報したこと、すべてこう解釈してはじめて納得が行く。前田家へ顔出ししたのも、一面は偵察、一面はごきげんとりと二つの目的があったと、ぼくは見ている。ともかくも、この頃の三成の心は揺れていたとぼくは見ざるを得ない。

結婚のことだけでなく、家康はもう一つ太閤の遺命をふみにじっている。知行加増のことは秀頼が成人して自ら政《まつりごと》をとるまで一切しないとの誓書を無視して、勝手に気に入りの諸大名に加増を申しつけているのだ。

その最初は、島津義弘に五万石加増したことだ。もっとも家康が独断でしたのではなく、家康が提議し、他の大老や五奉行なども同意してそうなったのだから文句はないようなものだが、そこに至るまでは相当もめている。

「島津の高麗泗川《しせん》城での勲功は特別である。島津のあの大勝利があったればこそ、敵の攻撃がゆるみ、味方の引上げも出来たのだ。恩賞なくてはかのうまい」

と家康が言い出したところ、毛利・宇喜多や五奉行らは、

「起請文の儀にそむくことでござる」

と反対した。一体こういうことを起請文に書きのせたのは、大老中の有力者が私恩

を売って諸大名を籠絡《ろうらく》するようなことがあっては豊臣家のためにならないとの精神から出ている。人々が反対したのは当然だ。ところが、家康の目的はその私恩を売るにある。島津家が泗川で示した武勇は家康としては最も味方にほしいところだ。彼はこう理屈をつけた。

「秀頼公がご成人あってご自分で政治をおとりになるまで待つということになると、あと、十四、五年は待たねばならんことになるの。功あるを賞せずということになれば、罪あるも罰せぬわけだな。それでは悪いことのしがち、天下忽ち大乱となろう。信賞必罰は政治の根本という。十四、五年政治を休むつもりかの」

家康の本心はどうあろうとも、これは正論だ。もともとこの起請文は耄碌した秀吉が秀頼可愛さに書かせた、無理きわまるものだ。この堂々たる正論には敵することが出来ない。人々も同意せざるを得なくなり、島津家は加増を受けたのだが、なまじはじめ反対があっただけ、家康の目的は十分以上に達せられた。人々が最初から家康の発議に同意すれば、島津家の感謝は皆に均霑《きんてん》したろうが、こうなっては、

「すべて内府様のおかげ」

と、家康一人に集中したはずと思われるからだ。事実、この時から、島津家はせっせと家康のところへ出入りし、家康また島津家に遊びに行って懇親一方でないものがあったので、三成は嫉妬して島津家に文句を言っている。後に関ヶ原役に島津氏が三

成に味方したのは、他の事情によるので、本意ではなかったのである。

次は堀尾吉晴が四大老や五奉行らとの紛擾を調停してくれたというので、越前府中五万石を与え、その本領である浜松十二万石は息子の忠氏に譲らせた。場所もあろうに越前などに封じたのは、前田家の加賀から京へ出る途をふさいだのだ。次に細川忠興にも調停の功を賞して、豊後杵築《きつき》五万石を加増した。

まだあるが、これくらいにしておこう。これらはすべて家康が独断でしたことだ。前田利家が生きていたら、こうまで家康も傍若無人ではなかったろうが、その利家は閏《うるう》三月三日に死んでいる。他の大老や五奉行など、家康の眼中にはないのである。

相手方は不快だったにはちがいないが、どうすることも出来ない。今や大老というも、五奉行というも、虚器にすぎなくなった。すべては家康の独裁であった。天下は力ある者の所有する時代であった。秀吉亡きあとは家康が第一の実力者だ。こうなるのは最も自然なる行きであった。

七

話は前後したが、利家は家康を訪問した時すでに病気をおして行ったのであり、家康が答問した時にはすっかり重態になっていて、家康にちょっとあいさつしただけで、あとは長男の利長が応対したほどであったが、その時から二十一日目、閏三月三日に死んだ。

この利家の病気中、三成は利家の邸に昼夜詰切りで看病していたと、関原軍記大成にある。

なぜ三成がこんなことをしたかといえば、加藤清正・福島正則一派の連中を恐れたのだ。この連中は高麗陣中に三成が依怙《えこ》をかまえて彼らの戦功の報告を手加減したことを含んでいたのだが、はじめのうちは別段なことはしなかった。しかし、間もなく三成党の小西行長と加藤清正・鍋島直茂・黒田長政・毛利勝信（豊前小倉城主）らの間に訴訟がおこった。問題は朝鮮引上げの時のことについてで、訴訟は小西から提起された。小西は、

「自分は、和議を成立させてから引上げた方が日本軍の利であると思い、この旨を被告の連中にも申し通じて、交渉にかかったのだが、被告らは一旦それを承知しながら、突如釜山を焼きはらって引上げにかかった。そのため計画すべて齟齬《そご》、ひどい苦戦でやっと帰国することが出来た」

と、こんな工合に訴えたらしい。らしいというのは、小西の訴状はのこっておらず、それにたいする清正らの反訴状しかのこっていないからだ。清正らは、

「自分らは内地から引上げ命令が来たから、皆で相談して、釜山に火を放って引上げ

て来た。小西からの話は寺沢広高からの触《ふれ》状でたしかに受取った。一体小西はこの戦争のはじめから和議じゃ和議じゃとばかり言い、しかもそれがインチキに満ちたものであり、太閤様までだまし申していたことを拙者共はよく知っている。またまたインチキをやるのじゃわとは思うたが、お好きになされよと答えた。しかし、それでも待った。やがて小西らが熊川《ゆうせん》まで引上げて来たことを聞いたので、早く釜山に来るように通告した。そのうち、小西の寄騎《よりき》大名らが釜山近くまで来たので、この上はもう引上げてもよいと思い、釜山を焼いて引上げたのだ。小西の申し条はいつわりである」

と反駁状《はんばくじょう》を差し出した。

　この裁判は中々結審せず、もみにもんだが、その間に、清正らの三成にたいする鬱《うっ》憤《ぷん》が爆発した。おそらく、小西の裏には三成がおり、この訴訟は三成がさせたのであり、清正らはそれを察知したのかも知れない。少なくとも、彼らはそう思ったにちがいない。でなければ、三成に飛び火するはずがない。

　加藤清正・黒田長政・浅野幸長・池田輝政・福島正則・細川忠興・加藤嘉明の七人は、三月十三日、三成の許に使者を立て、自分らの朝鮮における武功をのべ、

「これらは人々の周知のことであるのに、軍目付《いくさめつけ》たる福原・垣見・熊谷・太田らは依怙《えこ》をかまえて、くわしく注進していない。われら帰国の後は踏み殺してくれんとまで腹を立てたが、福原は貴殿の縁者、他の三人は貴殿が目をかけておられる者共であ

るので、貴殿に免じて一応さしひかえているが、しかし、貴殿としてはそれでは済むまい。急ぎ四人に腹切らせらるべし」

　とねじこんだ。

「これはしたり。貴殿らにかぎらず、朝鮮国で勲功あった人々は、その時々にご感状を賜わり、その戦功の趣きはそのご感状面にくわしく書いてあるのでござれば、疑わしきことはいささかもなきはず。各々方へ各々方がふさわしいと思われるほどのご褒美がなかったのは、お気の毒ではござるが、これはすべて故殿下のおはからいでござれば、あの目付衆の責任ではござらぬ。なお、われら一人のはからいをもって、かの衆に腹切らせることの出来ぬは、各々ご承知のはず」

　と、三成は突ッぱねたが、七人は飽くまでも腹を切らせよと言い張って、しげしげと使者を送った。

　何せ、荒大名として世にひびいた連中ばかりだ。当時の三成の心理は、好意をもって見れば、

「気ちがいに刃物とはこれじゃ」

　と軽蔑して、悪意をもってみれば、こわくなって、利家の看病を名として、前田家につめ切ったのである。七人は利家を尊敬している。前田家にいるかぎり、三成は安全でおられる。その前田利家にも、利長にも、家臣らにも三成はきらわれている。そ

こへ逃げこんで昼夜詰切りであったのだから、いかに彼が窮したかわかるのである。

その利家が死んだ。もう三成も利家のところへとどまっていることは出来ない。七人の大名らは、さてこそ機会到来と手ぐすねひいた。この頃では七人はこっぱ目付などに腹を切らせるくらいでは満足出来ない心になっている。

「治部少《しょう》輔に腹切らせる。切らずばふみつぶしてくれる」

と考えるほどに激しきっていた。あたかも利家の死について秀頼に弔詞を言上するために大名小名皆登城することになった。

「よし、その夜こそ」

と、はかりごとを定めた。

豊臣家の旗本に桑島治右衛門という者があって、かねて三成と親しかったが、七人の計画を漏れ聞き、三成の邸に馳せつけた。三成は驚いて、大老でもあればかねて親しくもしている宇喜多秀家と上杉景勝に相談しに人をやったが埒《らち》があかない。佐竹義宣にも相談した。当時佐竹は伏見住いであったが、秀頼に弔詞言上のために下って来ていたのだ。義宣は三成の邸に行き、

「この邸は危のうござる。他に行かれて然るべし」

とて、三成を三成の兄木工頭《もくのかみ》の乗物にのせて、中ノ島の宇喜多邸へ連れて行った。そこに上杉景勝も来て相談がはじまった。その結果、

「これをおさめ得るのは、内府よりない。内府からおさとしがあれば、七人も承服するであろうが、他の者では決しておさまらぬであろう」

との意見が一致した。

そこで、義宣は三成を女乗物にのせて伏見に向った。夜明け前に伏見につくと、義宣は三成を三成の屋敷に送りつけておいて、向島の家康の屋敷に行き、家康に会って嘆願した。

これは一見まことに思い切った策だが、よくよく考えてみると、これほど安全確実な策はない。家康がどんなに三成をにくんでいるにしても、彼の身分・貫禄・立場として、三成を殺すわけには行かない。大度量を見せて庇護《ひご》するよりほかはないのだ。ましてや、天下の人心を集めようとして一生懸命になっている時だ。殺すはずがない。三成としてはいやであったにちがいない。たがいに憎悪し合っている相手にあわれみを乞うのだ。いやでないはずはない。しかし、その不快を忍ぶなら、これほど安全確実な方法はないのである。

三成びいきの人々は、これをもって三成の死中活をもとめた英雄的大機略であると評するが、ぼくの解釈は上にのべた通りだ。機略などいりはしない。頭さえ確かなら最も安全な途であることがわかるはずである。三成は頭はよい人である。あとは恥を忍ぶだけのことだ。

さて、家康は、

「引受けた」

と答えて佐竹を帰したのであるが、その時のこととして、改正三河後風土記にこう伝えている。

家康の謀臣本多正信が、その夜、家康の邸に出仕したところ、小姓らが薬を煎じている。

「大殿は？」

「唯今まで起きておいででございましたが、お風邪の気味で、ご寝所にお入りになりました。しかし、まだお目はさめておいででございましょう」

「さらばおとりつぎしてくれ」

小姓らがとりつぐと、家康は寝所に召した。

「この夜更《よふけ》に何の用だ？」

「石田治部がこと、いかが思召しでございましょうか」

「おお、それを思案していたところよ」

すると、正信は、

「ご思案遊ばされているのでござるなら、申し上ぐることはござらぬ」

と、そのまま退出したというのだ。

正信はひょっとして家康が三成を殺しはしないかと案じて来たのであろう。ここは家康の人物価値が大暴騰するか大下落するかの大事な切所《せっしょ》だ。また、家康が天下取りになるにしても、このままずるずるにはそうはならない。必ずや大波瀾《はらん》があって、それを乗り切り、天下にその力を十分に示した上でなければならない。その大波瀾をおこしてくれるのは三成以外にはない。いずれよりしても、ここでムザムザと三成を殺してはならないのである。

改正三河後風土記のこの場面は、天下を望む家康と謀臣正信とのピタリと呼吸のあった姿を活写している好場面である。

話は前にかえる。加藤・福島らは三成が伏見にのがれたことを知って、地だんだふんで残念がった。

「逃げようとて逃がそうか？」

と七人とも伏見にかけつけ、それぞれの邸に兵を呼びよせ、今にも三成の屋敷にとりかけんとひしめいた。

家康は使者をつかわした。

「そなたらは皆故太閤恩顧の人々である。今はご幼少な秀頼公のお代はじめであれば、別して諸事に心をつけ、天下の静謐《せいひつ》をはかるべきに、このような騒動を引きおこすとは何ごとだ。武士が一旦口から出したこと、貫《つらぬ》かいでおこうかと申している由だが、わしもこうして和談の仲裁に乗り出した以上、同様だ。貫かいでおこうか。わしの仲裁を聞き入れることが出来ぬというなら、わしはせがれの秀康をつかわして治部少輔《しょう》をこの屋敷に引取る故、その途中でもよい、当家へ引取ってからでもよい、ずいぶん討取るがよかろう」

訓戒であり、威迫である。いかに七人が荒大名でも、家康を敵には出来ない。恐れ入って、万事をおまかせすると返事した。

家康は中村一氏と生駒親正を呼んで、

「こんどのこと一応は静まったが、七人の者共も心底からやわらいだわけではない。今後のことははかりがたい。治部少輔が世にあってはよくない。家をせがれ隼人《はやと》（重家）にゆずって、佐和山に閑居するがよい、と、かように治部少輔に申せい」

と命じた。二人はかしこまって、家康の臣一人を同道して三成の邸に行って伝えた。

三成が面白かろうはずはないが、この際はこれよりほかに途はない。

「なにごとも内府様おさしずの通りにいたすでござろう。一両日中に改めてご返事申し上げます」

と答えて三人を帰し、宇喜多・上杉・佐竹・小西等と相談した上で、

「仰せの通り佐和山にまいります」

と、正式の返事をした。

後の関ヶ原役が三成と上杉氏としめし合わせて起こしたことは間違いないと思われるのだが、いつどこでその相談が行なわれたかは一切不明だ。関ヶ原役関係の古い史書はほとんど全部が、上杉家の家老直江兼続《かねつぐ》と三成とが、まだ七将さわぎの起こらない以前のある時期に密談して計画を立てたことにして、具体的にその情景など書いているが、ぼくには時間的に信じられないのだ。太閤の置目《おきめ》蹂躙《じゅうりん》によっておこった家康と前田利家との反目がおさまったのは二月五日だ。この時まで、三成は利家を煽動して家康と戦わそうとしている。家康が利家の病気見舞に大坂に来たのは二月十一日だ。この時は三成は小西の屋敷に五奉行らを集めて家康襲撃を説いている。その後閏《うるう》三月三日に利家が死ぬまで、三成は七将をおそれて前田邸に詰め切りである。その閏三月三日に七将襲撃の報を受けて、佐竹義宣に伴われて宇喜多邸に行き、そこに上杉景勝も来て相談しているが、その時の相談は当面の危機をいかにして脱するかの問題でせい一杯だったろう。何せごく短時間だ。

だから、もし後の挙兵の相談が行なわれたとするなら、佐和山退去の忠告を家康から受けて、改めてその返事をするまでの期間においてであろう。三成が伏見を立って佐和山に向ったのは閏三月七日の未《ひつじ》ノ刻（午後二時）である。三月四日の早暁に伏見に来、四日の夜家康と本多正信との問答があり、五日に家康の七将への訓戒があり、その日に承服の返事をし、その日のうちに中村一氏らが三成の許に行って家康の忠告を伝えたとし、仮にそれが五日の夕刻であったとすれば、それから急使を大坂に出しても、上杉・宇喜多・小西らが伏見に来着するのは、六日の正午頃になろう。七日の未ノ刻までは二十六時間ある。上杉景勝には直江が供して来たであろうから、将来についての相談は十分に行なわれたはずだ。もちろん、ごく大ザッパな申し合わせであったろう。三成も直江も抜群の才子ではあるが、急な場合そうくわしい計画が立つはずはない。この年八月、上杉景勝は帰国の許しを得て会津に向っているが、その帰途、直江が佐和山に三成を訪うて、さらに計画を練ったことも考えられる。もちろん、信用の出来る家臣をつかわして文書で相談したこともあったであろう。

閏三月七日午後二時、三成は伏見を出て佐和山に向った。家康は次男秀康に命じて送らせた。秀康の家臣らは胴丸《どうまる》や腹巻をつけ、鉄砲切火縄《きりびなわ》の半戦《いく》さ支度であった。七将の襲撃を警戒したのである。

三成はこの時から一年二カ月、家康が諸大名をひきいて上杉氏征伐のために関東に向うまで、佐和山にこもって一歩も出なかったのである。

八

関ヶ原役は三成の一世一代の大ばくちであった。威勢群雄を圧して、すでに事実上の天下様である家康を向うにまわして、これほどの大角力をいどみ得る人物は、他にはなかった。いれば黒田如水くらいのものだ。如水がこの戦争中その気になったことは如水伝で述べたが、如水の場合はすでに戦争がおこってからのことだ。既に生じた波瀾に乗じて天下を争おうとしたのだが、三成は自らの手で波瀾を巻きおこして、角力をいどみかけたのだ。彼の気宇の壮大さがわかるのであるが、一面から考えると、戦わざるを得なかったともいえる。家康の生きているかぎり、彼は再び世に出て働くことは出来ない。いつまでも佐和山にこもっていなければならないわけだが、彼はそんな無為な生活を長くつづけることの出来ない人間なのだ。彼は最も才気ある仕事師だ。秀吉の信任を得て権勢をふるい、天下の侯伯がその門前に奔走すること十五年にわたっている。年はといえばやっと四十だ。性格からいっても、閲歴からいっても、年齢からいっても、楽隠居でがまんなど出来るはずはない。豊臣家にたいする忠誠心があろうとなかろうと、彼は家康をたおさなければならなかった。再び権要の地にのぼり、好きな政治に縦横の手腕をふるい得るようになるには、それ以外に途はないのだ。ましてや、このままの情勢で推移するかぎり、天下は名実共に家康の手に帰することは明らかなのだが、そうなれば家康に好意を持たれていない彼が安全であるはずはない。天下を取らない前においてこそ、家康も大人物としての寛弘ぶりを見せて大名らの心を攬《と》らなければならないが、既に天下人《てんかびと》となった以上、そんな必要はないのだ。

ぼくは三成の豊臣家にたいする忠誠心を否定はしない。殊遇してくれた恩義にたいしても、人一倍の忠誠心があるべきであり、人間の善意を信ずる故に、あったにちがいないと思うが、彼を立上らせたのは、これにプラス前述のものであったと思う。

しかしながら、彼のこの挙には非常な無理があった。その第一は彼が不人気ものであったことだ。彼に味方した大きな勢力は皆豊臣家にたいしては外様《とざま》の大名である。三成はこれらが太閤の生前自分の家に親しく出入りしたのでこれを信頼したのであるが、関ヶ原の大合戦では、いざ合戦となると、全力をつくして戦ったのは宇喜多秀家だけであった。毛利勢も、長曽我部勢も、一戦もしていない。島津勢は相当戦っているが、それは西軍敗れて、自らの退路をひらく時になってからであって、かんじんな時には全然戦っていない。小早川秀秋などは秀吉の甥でありながら裏切りまでしている。秀吉取立ての大名でもまじめに戦ったのは小西行長と大谷吉継だけだ。長束正家・安国寺恵瓊など一発の銃もはなたず敗走し、脇坂安治《やすはる》は裏切っている。

三成は信頼すべからざる人を信頼してことを起こしたのだ。以前外様大名らが彼に慕いよったのは、それが彼らの利であったからだ。彼らが西軍に味方したのは褒美の約束に釣られたからだ。もし三成に人気があったら、こんな連中だけが味方はしなかったろうし、合戦に際してももっと働いたろう。この時の兵数、三成方は十二万八千、家康方は七万五千、懸絶して三成方が多いが、すべてこれ烏合の衆であったのだ。あるいは明敏な三成のことだから、味方の大名らの恃《たの》むべからざることを知っていたかも知れない。恃むべからざる衆を恃んで戦わなければならなかった三成の心事はまことに悲壮なものがあるが、案外そうした心理洞察には鈍い人間だったかも知れない。彼は秀吉の好調時代に秀吉に仕え、その死まで権要の地にあって、かつて不遇の地にいたことのない人間だ。順境にばかりいて、逆境に沈んだことのない人間は、人間心理の洞察には鈍いものである。

三成が実戦の功を立てた経歴のないことも、敗因になっていよう。前に述べたように、三成が実戦したのは二度だが、二度とも見苦しい失敗をしている。これでは、諸将が彼の指揮に従順であるはずがないのである。この日の戦闘に東軍が整々たる戦いぶりを見せたのに、西軍が各隊ばらばらの戦闘をし、これはまだいい方で、三成が戦いをうながしたのに戦おうとしなかった隊が少なからずあったのは、そのためとしか思いようがない。

諸書は、関ヶ原戦になるまでの各地の前哨戦で、諸将が献策しても、三成が、

「万事大会戦で」

と答えて拒《しりぞ》けたことを記述している。武将としての実戦の手腕はないと思っている人間に、せっかくの献策をしりぞけられては、いい気持がしないのも無理はない。諸

将が戦意を失ったのは、これも原因になっているかも知れない。落穂集にこんな話が出ている。合戦の前夜、家康が赤坂に到着した時、島津義弘は甥の豊久を三成の陣につかわして、こう言わせた。

「忍びの者をつかわして、内府の本陣を偵察させたところ、皆々くたびれ果てて寝ています。夜討してしかるべし」

三成が返事にためらっていると、島左近が答えた。

「夜討は寡勢をもって大軍を討つの策でござる。敵に倍する勢《せい》を持ちながら夜討するということがござろうか。明日の合戦、味方大勝利たること疑いござらぬ。われらも久方ぶりに内府の押付《おしつけ》を見ることでござる」

押付というのは鎧の背の部分だ。敗走する姿を見るという意味だ。景気のよい壮語だ。

「兵庫（兵庫頭義弘）殿のお心づけの段、かたじけのうはござるが、唯今左近の申すように、明日の大勝利は疑いなきことでござれば、この旨、兵庫殿へよろしくご披露下されし」

と三成も言った。豊久は左近の高言に腹を立てて、左近に言った。

「そこもとは唯今、内府の押付を久方ぶりに見ると仰せられたが、いつどこでごらんになったのでござる」

「拙者は若い頃武者修業して東国にまいり、武田信玄の家来の許に厄介になっていたことがござる。天正何年の頃おい、山県昌景が大井川のほとりで内府と戦って打ち破り、袋井畷《なわて》まで追いかけたことがござるが、その時、まさしく内府の押付を見申した」

と左近は答える。豊久は、

「人は成長するものでござる。その頃の内府と今の内府とを同じに考えられては大違いでござろうよ」

とせせら笑って立去ったというのだが、翌日の戦闘に石田勢は東軍の精鋭黒田・細川・加藤嘉明らの諸隊の猛攻撃を受けて苦戦に陥ったので、三成は右手にひかえて鳴りをしずめている島津隊に使者を馳せて横撃を頼んだが、島津隊はその使者が狼狽《ろうばい》のあまり礼を忘れて馬上ながら口上をのべたというので、

「無礼千万、軍使の法をわきまえんか！」

とどなりつけて追いはらった。三成は自ら来て頼んだ。すると、豊久が出て応対して、

「今日の合戦は、混乱をきわめ、各隊めいめいに死力をつくして戦うよりほかはござらん。前後左右をかえりみるいとまはござらん」

と答えて、相手にならなかった。無上の戦術と自信している策を進めたのにすげな

くしりぞけられた腹いせとは考えられないであろうか。島津隊は味方の諸隊が総くずれになって敗走にかかってから、密集して整々と退路をひらいているのだ。少なくとも、合戦は所詮負けにきまっているから、退却の時のために戦力をたくわえておこうというのであったことは明らかであろう。つまり、三成の指揮能力を信用しなかったのである。

関ガ原戦は負けるべくして負けた戦争だ。明治年代にドイツの有名な戦術家が日本に来て、関ガ原に遊び、案内の日本陸軍の参謀から、両軍各隊の配置・兵数を聞いて、
「これでどうして西軍が敗《ま》けたのだろう。負けるはずはないのだが」
と不審がったところ、参謀が戦い半ばに小早川秀秋が裏切りしたことを告げると、手を打って、「そうだろう、そうだろう」と言ったという話がある。ぼくはこのドイツの戦術家の説を信じない。兵数と陣形だけで数学的にことを考える参謀的迷妄と思っている。小早川秀秋の裏切りが決定打になっていることは事実だが、敗因は他に無数にある。それはすでに述べた。そしてその根本は、重ねて言う、三成の不人気にあり、それは三成の陰険な性格と人心洞察力の鈍さの当然な帰結であると。

三成のためにはかるなら、戦うべきではなかったのだが、思うに、戦わざるを得ない立場に追いつめられていたのであろう。豊臣家のためにも、彼自身のためにも、この機を逸しては、再び機会はめぐって来ないと思われたのであろう。負けるを承知で、

千に一つを僥倖《ぎょうこう》して立ち上ったとすれば、悲壮である。度々言う通り、三成はぼくにとっては好きな人物ではないが、それでも一掬《いっきく》の男の涙なきを得ない。

九

三成は戦場を離脱して、生まれ故郷の石田村近くにひそんでいる間に、田中兵部少輔吉政の手の者に捕えられた。吉政もこのへんの生まれなので、特に家康に命ぜられて厳重に探索していたのだ。この時、三成は痢病《りびょう》をわずらっていたという。

吉政は三成と懇意ななかであったので、丁重にあつかったが、三成は昔の通り、吉政のことを「田兵《たひょう》、田兵」と呼んで、少しも卑屈な態度を見せなかったという。

こうして彼の捕えられる以前に、佐和山の居城は東軍に攻めおとされ、彼の父兄・妻子皆自殺している。

三成を捕えた後、吉政は治療を加えて、相当よくなってから、大津の家康の本陣に連れて行った。

この後のことは各書の説くところ区々《まちまち》で、いずれが正しいかわからないが、三成の態度が見事であったことは、いずれも一致している。

「治部が天下をとった様を見よ」

と人々が笑いはやした時、ニコリと笑って、

「わしが大軍をひきいて天下わけ目の合戦をしたことは、天地の破れぬかぎりは、語りつがれるのじゃ。少しも慚《は》じぬぞ。そうはやすことはないぞよ」

といったということ、いよいよ六条河原で、小西・安国寺とともに斬られに行く途中、のどが乾いたれば白湯《さゆ》がほしいと所望したところ、警護の者はあたりの民家をさがしたが、どこにも湯のわいているところがない、柿があったのでもらって来て、

「白湯はござらぬ。これでがまんして下され」

とさし出すと、三成は、

「柿は痰《たん》の毒じゃ。食うまい」

という。人々は、

「今首斬られる身が、何の毒断《どくだ》ちぞ」

と笑った。三成は、

「その方共のような者にはそのへんが似合の思案。しかし、大事を思う者は、たとえ首の座にいても、その際《きわ》まで命を大切にして、本意を遂げんと心がくべきものじゃ」

と言ったということ、ともに最もよく知られている。死に至るまで、傲岸不屈《ごうがんふくつ》であったのだ。あっぱれである。年四十一。

蒲生氏郷

一

蒲生《がもう》氏は田原藤太秀郷の子孫である。秀郷は後に関東下野に居住し、平将門の叛乱を鎮定して関東一の豪族となり、鎮守府将軍にまでなったが、そのはじめは近江の栗《くり》太《もと》郡（今はクリタとよむ）田原の庄にいたので、田原ノ藤太と呼ばれたというのが昔からの通説だが、秀郷は祖父豊沢《とよさわ》の代から下野に土着している。今宇都宮市の北方に田原という土地がある。ここにいたので田原ノ藤太と呼ばれ、やがて将門を退治して武名上り、中央政界にも顔がきくようになり、近江に荘園をこしらえ、時にはここに居ることもあったので、下野の居住地の名をここにうつして田原と呼ぶことにしたのではないかと、ぼくは見ている。

ともあれ、秀郷の子孫は北関東にひろがって、結城・小山等の諸氏となり、ついには奥州にもおよび、平泉の藤原氏もその姓を冒《おか》していたことは、周知のことである。この平泉藤原氏の一族に源義経の郎党佐藤継信・忠信の兄弟、西行法師（俗名佐藤義清）がおり、今でも奥州地方に多い佐藤・首藤・近藤・武藤等は、皆秀郷の子孫、あるいは子孫と称しているものである。

一方、近江地方にもひろがり、蒲生・大石等の諸氏となっている。大石内蔵助の家はこの大石氏で、田原郷に隣接して、今日でも大石郷がある。内蔵助の家は、彼から二、三代前の先祖が下野の小山から来て大石郷の領主となったと伝えられているが、思うに大石郷の領主が死にたえたので、同族である関東の小山氏からあとつぎに来てもらったのであろう（赤穂浪士の一人であとで脱盟して不義士の名をとった小山源五右衛門が内蔵助の一族であったことは、義士伝を研究した者は皆知っていることである）。昔の氏族がどんなに強いきずなで結ばれていたものであるかがわかるのである。このきびしい同族の結びつきを頭におくことも、必要な読史態度であろう。

さて、蒲生氏はいつの時代からか、同国の蒲生郡に居住し、蒲生をもって氏とするようになったが、大した人物も出なかったと見えて、ほとんど聞こえるところがない。どうやら聞こえるのは、氏郷《うじさと》の祖父定秀からだ。

鎌倉時代以来、近江で最も勢力のあったのは佐々木氏だ。佐々木一族は四郎高綱の話でもわかるように、頼朝の最初の挙兵当時から忠勤をぬきんでている。高綱は頼朝が挙兵するということを聞いたが、貧しくて馬もないので徒歩でてくてくと下って来る途中、道連れになった者を刺殺して馬をうばい、それに乗って駆けつけた。頼朝の感動は一通りでない。だから、秘蔵第一の名馬生月《いけづき》を寵臣梶原景時の長男景季に乞われても、「これはおれが出陣の時の乗料《のりりょう》にするのだ」とて、第二の馬磨墨《するすみ》をあたえ、四郎高綱には乞われもしないのに生月をあたえたのだ。これが有名な宇治川の先陣争いになることは皆様ご承知である。四郎高綱だけではなく、四郎の兄三人もそれぞれの居場所から駆けつけて、頼朝に忠勤をぬきんでた。（源頼朝伝参照）

こんなわけで、頼朝の佐々木氏にたいする恩寵は一方でなく、その一族で近江の守護職をはじめとして十七カ国の守護職をしめたというほど栄えた。近江は本国であるから、総領家が世襲していたが、これが鎌倉中期に両家にわかれ、近江を南北二つにわけて、それぞれその一を領有することになった。南なるを六角家といい、北なるを京極家という。両家の京の屋敷が、六角と京極にあったので、それが名字のようになったのである。

二

蒲生氏はその所領蒲生郡が江州の東南地方に位置しているから、六角家の被官になっていたが、定秀の時、この六角家の家臣後藤但馬守という者が、六角承禎《じょうてい》をうらむことがあって朋輩をさそい合わせ、土民を煽動し、謀叛をおこした。勢いなかなか強く、承禎とその子義弼《よしすけ》とはどうすることも出来ず、危難に瀕した。承禎は定秀に救いをもとめた。

定秀は後藤但馬守とはとくべつ親しいなかであった。すなわち、息子の賢秀《かたひで》の嫁と

して但馬守の姉をめとっていたのである。定秀は思案した後、賢秀を呼んで、

「こんどのさわぎはそちも知っているであろうが、それについて、観音寺（六角氏の居城のある場所）のお屋形から、しかじかと頼んできた。臣従を誓って被官となっているだけで、格別ご恩というほどのものにあずかったこともないが、名のみにしても主従は主従だ。こうなれば、力かぎりのことはせねばならぬ。ついては、お屋形に疑いを抱かせ申してはならぬ。そなたが嫁、あわれではあるが、離縁いたすよう」と申渡した。

武士の道のつらさだ。賢秀はかしこまって、あきもあかれもせぬ妻を離縁した。

定秀は六角父子を居城日野城に迎えておいて、後藤但馬守とその一味の者共と折衝し、和睦をまとめ上げ、六角父子を観音寺城にかえした。

以後、六角父子の定秀にたいする信任は厚く、定秀は六角家の家老となった。

永禄十一年、織田信長は足利義昭の依頼を受け、これを奉じて京に入る計画を立て、六角氏に協力を要求したが、六角氏は拒絶した。六角氏が拒絶したのは、当時京畿の権を握っていた三好党と志を通じていたからであるが、一つには当時の信長が出来星の中成金的《ちゅうなりきんてき》大名にすぎないのを、名門大名らしく軽蔑したためでもあるようだ。

信長は拒絶されて、

「さらば蹴破って通るまで！」

と武力通過を決心し、近国の諸大名に触れ状を出した。信長は出来星大名でも、足利将軍となるべき人のための義軍だというのだから、馳せ参ずるものが引きも切らない。総勢五万におよんだというのである。戦国乱離の時代となり、足利将軍の権威は地におちたようでも、長い間の習慣で、人々の精神の上における権威はあったのである。

怒濤の進撃だ。六角方は忽ち蹴散らされ、承禎父子は観音寺城を出て、どこかへ落ち失《う》せてしまった。

蒲生氏の居城のある日野は道筋から十六キロも離れているから、最初の通過の時の攻撃対象にはならなかったが、当時の蒲生家の当主賢秀は六角父子は行く方知れずの身となり、南江州の諸豪族皆信長に降伏したというのに、

「わが家は六角家の被官、しかも父定秀の時以来家老職をつとめている家である。主君の敵とし給う者に降伏してなろうか。命のあるかぎり当城を守りぬく」

と宣言し、城を修理し、糧食をとり入れ、防守の計に余念がなかった。

信長は柴田勝家・蜂屋頼隆らをつかわして攻撃させたが、賢秀の防守は巧妙で勇敢で、寄手は攻めあぐんだ。

伊勢の神戸《かんべ》友盛は賢秀の妹聟だ。友盛はこの年二月、信長が伊勢北部を攻略した時に信長と和睦し、信長の三男信孝《のぶたか》を養子に迎える約束などして、織田党となっていた。

信長はこの友盛を召した。

「蒲生賢秀はそなたの妻の兄じゃというが、なかなかの者じゃな。武勇のほどもじゃが、今の世にはめずらしい義理がたさじゃ。気に入った。あれほどの小城《こじろ》にこもっていることなれば、いくら強うても攻めつぶすに造作はないが、むざむざと殺してのけるにはおしいわ。そなた行って開城するように口説いてくれんか」

「かしこまりました。あれは馬鹿正直といわれているくらいの者でござるが、それだけに性根は頼もしゅうござる。見事口説きおおせましたら、お役に立つ者となるでござろう」

といって、友盛は日野に行って、賢秀に会い、心をこめて説諭したので、賢秀もやっと得心し、開城降伏することにした。

定秀は氏郷の祖父、賢秀は父だ。義理がたいのが家風であったことがわかるのである。

ちょっとここで言っておく。賢秀という人は臆病もので、当時はやった日野節の小唄に、

陣とだに言へば下風《げふ》おこる
具足を脱ぎゃれ、法衣《ころも》召せ

とあるのは、賢秀のことを言ったという説がある。下風はオナラのことだ。すなわち、戦さといえば心臆してオナラばかり出なさる、よろいなんぞぬいで、法衣を着た方がよいと、嘲《あざけ》ったのだというのである。しかし、賢秀のことを唄ったのではないと幸田露伴翁が考証している。六角氏のために節義を守って日野城に籠って拒戦した賢秀が臆病であろうはずはない。

さて、賢秀は降伏のために信長の陣へ出かけたが、その時、子息鶴千代を同道した。後の氏郷だ。当時十三であったという。

信長は十三の鶴千代を見て、

「この少年の骨柄《こつがら》、世の常ではない。成長の後が楽しみじゃ。やがておれが娘の聟にしよう」

と言って、岐阜にとどめて側近く召使うことにし、忠三郎という名前をくれた。忠三郎の「忠」の字は、当時信長の官が弾正忠であったから、その忠の字をあたえたのであるという。

以上は藩翰譜《はんかんぷ》の説だ。弾正忠の忠は弾正台の第三官で他の役所の丞・尉・掾に相当し、弾正ノジョウと読むのが故実だが、この時代にはそんな故実は忘れられて「チュウ」と読んでいたようであるから、忠三郎もチュウ三郎と読んでいたのだろうと思う。

この藩翰譜の伝えは、そのままに信ぜられない。この当時の英雄は人をほめてその心を攪《と》ることが皆うまい。豊臣秀吉など最もそれの巧みな人で、やたらに「天下一」とか、「当代無双」とかいって、人をほめた人だ。正直に受取ってならべ立てたら、天下一が何十人出来ることになろう。信長も秀吉ほどのことはないが、なかなかほめ上手だ。だから、この時、賢秀の心を攪るためその息子をこんな調子でほめたのだろうが、本心は氏郷を人質にとるにあったのであろう。蒲生氏郷記には明らかに「証人（人質の意）として岐阜へ差しこさる」と書いてある。

また、氏郷が後に信長の女《むすめ》と結婚させられたのは事実であるが、信長がその気になったのはこの時ではなく、何年か後のことであろう。

鶴千代改め忠三郎は信長の小姓のような形で側近に侍することになったが、その頃のこととして、こんな話が伝わっている。

稲葉一鉄は美濃《みの》士《ざむらい》で、文武兼備の武将として、当時有名な人物であった。信長は一鉄を愛し、呼んではよく軍物語をさせて夜ふけまで聞いて楽しんだ。信長の小姓らは年若であり、よく居ねむりしたが、忠三郎だけはまばたきもせず一鉄の口もとを見つめ、熱心に聞いていていて、飽く色がなかったので、一鉄は信長に、

「蒲生が子はただものでありません。成長の後は必ずすぐれた武将となるでござろう。拙者の見る目は違《たが》わぬはずでござる」

と言ったところ、信長も同感であるとうなずいたと、氏郷記にある。

初陣は十四の時、すなわち信長の許に近侍するようになった翌年である。信長は南伊勢に兵を出し、南北朝以来の伊勢国司北畠家を攻めたが、その本城ともいうべき大河内城の攻撃戦が、忠三郎の初陣であった。この時氏郷には蒲生家譜代の勇士結解《ゆげ》十郎兵衛・種村伝左衛門の二人が付添っていたのであるが、忠三郎は二人に先き立ってよき敵を討取って首を上げたので、信長の感賞は一方でなく、手ずから打鮑《うちあわび》をとってあたえたという。

この時代の初陣の際には、普通の階級なら親戚や知合いのものなれた武者がつきそい、身分ある者なら家来の中の勇士がつきそって、いろいろ指導して手柄を立てさせ、これを「取飼《とりこ》う」といったのだ。場合によっては首をとってやることもあった。しかしそれをカンニングとして排斥はしなかった。さしつかえないことにしていた。初陣の場合にかぎらない。戦場においては貰い首でも功名したという。敵の戦力をそぐという点では効果があるからであろう。

忠三郎はその介添役の勇士らに先き立って敵に突入し、よき敵を討取ったのだから、天性の勇者といってよい。わき目もふらず稲葉一鉄の武辺ばなしを傾聴して、戦場における心得をすでに知識としてたくわえていたためであろう。

その年の末、信長は忠三郎を元服させて、教秀《のりひで》（一に賦秀《のりひで》）と名のらせ、自分の三女と結婚させて日野に帰した。忠三郎十四、女《むすめ》は十二であった。
忠三郎が氏郷と改名したのは、いつのことかわからない。以後便宜上、氏郷で通す。

三

氏郷は信長の征戦に従うごとに目ざましい武功を立てているが、戦争ばなしとしてはそれほどおもしろいものではないから、書かないが、氏郷の戦闘のしぶりが、必ず部下の兵の真先きに立ち、自ら手をくだして戦い、決して自分は安全なところにいて采配を振ってばかりいるのではなかったことだけは言っておきたい。

こういうことは兵員の素質にもよることで、一概には言えない。たとえば甲州武士のように勇敢な兵士をひきいての戦いなら、信玄のように「動かざること山の如く」かまえて、本陣にあって軍配うちわを打ちふって指揮していても、見事な戦いが出来るが、江州や美濃・尾張《おわり》などのような当時の文化地帯で、地味豊沃《ほうよく》、気候温暖な地域の兵は大体において懦弱《だじゃく》なのが多いから、大将が真先きに立って働くことによって気を引き立てる必要があったと思われる。

氏郷とその父賢秀が男を上げたのは、天正十年の本能寺の事変の直後であった。本能寺事変の起こった時、賢秀は安土城の留守役として安土におり、氏郷は日野城にいた。事変がおこったうわさが安土城にとどいたのは、事変のおこった日の午前十時頃であった。

皆信じなかった。口にする者もなかったと総見記にある。こんないまいましいことをうっかり口にしたあとで信長に知れては、どんな目にあうかわからないからであろう。絶対独裁君主たる信長の家中らしいのである。

しかし、そのうち京からの落人《おちうど》らが逃げかえってきて、明智の叛逆が事実であり、信長も信忠も切腹したことがわかった。せきを切ったように城中はさわぎ立ち、それは城下にまでおよんだ。

賢秀は心きいた家臣を城下に出し、

「両君ともに光秀がために生害遊ばされたとはいえ、さわいではならん」

と触れまわらせたが、さわぎはおさまらない。それはそうだろう。織田家の武士らが狼狽《ろうばい》周章《しゅうしょう》するのは武士としてあるまじきことで、心を静めて指令を待つべきだが、一般町人までさわぐなというのは無理だ。当然光秀勢は安土を目がけて押し寄せてくるであろうし、来れば合戦の巷になるのだから、疎開に奔走するのは当然のことだ。しかし、賢秀としては町人共がさわげば武士共も心が乱れて来るので、制止命令を出さざるを得なかったのであろう。賢秀という人が才気のある人なら、奇策も案出できたであろうが、この人は前章でも書いたように馬鹿正直といわれたくらい義理がたい一方の人だ。「こうなっては、うろたえず、城を枕に討死」と一足とびの覚悟をきめていたのである。

信長夫人の生駒氏は、英雄信長に連れそってはいても、烈婦でもなんでもない。普通の婦人だ。賢秀を召して、

「そなたの居城日野へ連れて行ってたもれ」

と、泣きながらいく度も頼んだが、賢秀は、

「それはなりませぬ。故右府様のみ台様ともあろう方が、この期《ご》におよんで、さような未練はよろしくござらぬ。いさぎよく散ってこそ、さすが右府様のみ台様でござる」

と、きついことを言ってはねつけた。

ところが、織田家中の美濃侍や尾州侍の連中がそれぞれ妻子を引き連れ、勝手に退去しはじめ、はかばかしい合戦も出来そうもなくなった。

こうなっては、いくら賢秀が義理がたくても、どうにも出来ない。信長夫人をはじめ居合わす信長の一族や女中らを日野へつれて行って守護することにし、急使を日野に出した。

氏郷は頭の働きの敏活な男だ。この頃にはもう日野にも本能寺の変報はとどいていたろうから、出陣の用意をしていたと思われるが、父からの知らせを受取ると、直ち

に手勢五百騎をひきい、輿五十丁、鞍おき馬百頭、駄馬二百頭を用意して、安土に向った。

これで、信長夫人以下は無事日野城に引きとることが出来た。

感ずべきことはこの時にあった。安土城を出る時、夫人は賢秀に、

「お城に火をかけよ」

といったが、賢秀は、

「故右府公が年来心をつくして築き給うた天下無双の名城でござる。拙者にはそれは出来ませぬ」

とことわった。

「さらば金銀財宝など、敵に乱捕《らんどり》にされることまことに無念、その方につかわす故、持ち去るよう」

と、夫人はまた言ったが、

「敵に乱捕されることは無念ながら、この期《ご》に私《わたくし》を営んだと批判されては口惜しゅうござれば、それも拙者には出来申さぬ。賊兵らこの城に入って乱捕すれば、冥加《みょうが》忽ちに尽き、自滅を招かんこと必然、幸いなことでござる」

と答えて、一毫《いちごう》もとらず、金銀財宝等の目録を代官木村某に、城と共に渡して、日野に向ったという。

賢秀は知謀の将ではないが、この義理堅さと清白さはまことに見事である。信長はかつて六角承禎にたいする賢秀の節義の守りようを見こんだのだったが、その目がねに狂いはなかったといえよう。

蒲生父子が信長夫人や奥女中らを守護して日野へ引き取ったのは、本能寺事変の翌日三日の午後二時頃であったと、信長公記にあるが、翌々日の五日の早朝には明智光秀が大兵をひきいて押し寄せて来、安土城を占領し、金銀財宝をとりおさめ、部下の者共にも分ちあたえた。

戦国乱離の世ではあっても、弑逆《しいぎゃく》が大悪であり、従って世間が好意を持たないことはいうまでもない。光秀の家臣らにしても、何となく心にひるむところがある。そのひるみを立てなおし、自分のために働かすためには、将士らの物欲に訴え、それを満足させるより方法はない。光秀が金銀財宝を惜しまず分与したのはこの意味からであろう。

彼はまた味方がほしくもあったに相違ないから、安土からせいぜい五里の日野にいる蒲生父子を敵にまわしたくなかったはずだ。この頃の蒲生氏は領地高からいっても、従って軍勢からいっても、大した勢力ではないが、もし味方になってくれれば味方の気勢が大いに上るし、こういうことは勢いだから、相当な大名が味方に投じてくることも考えただろうと思う。

だから、伝えるものはないが、誘いの使者を出したかも知れない。それとも、「あれは聞こゆる馬鹿正直で、普通の理のわからぬ男じゃ。話をかけるだけ無駄じゃ」というので、打捨てておいたろうか。

ともあれ、この大変に際しての蒲生父子の態度と働きとは、秀吉の気に入られて、光秀がほろんだ後、光秀に味方した武士らの江州における所領五千石を、秀吉は氏郷にあたえたと、藩翰譜にある。秀吉が信長の権力を受けついだのは、柴田勝家滅亡後のことで、山崎合戦の後一年近く間があり、その間は信長の遺臣中のおも立った者の合議でことを決しているが、何といっても光秀をたおして主君の仇を討ったのだから、秀吉の発言権は大きい。秀吉が提議して、諸将も承認し、この運びになったのであろう。

秀吉と柴田勝家との対立は、前述のように一年近く、満十カ月つづき、信長の遺臣らはそれぞれにいずれかに味方したが、氏郷は秀吉側についた。このために、蒲生家方から言い出したことか、秀吉側から言い出したことか、多分秀吉が所望したのであろうが、氏郷の妹が秀吉にさし出されて、その妻の一人となった。この人は後に三条殿といわれるようになった人である。

妻が一人に限るという習慣が確立したのは江戸時代になってからのことである。それ以前は身分の高い人は何人でも妻があった。もちろん嫡妻は一人である。秀吉が淀殿をはじめ大名の家からもらって寵愛した女の大部分は妾ではなく妻である。三条殿はこういう意味の妻である。三条殿に人質の意味のあることは言うまでもない。

四

柴田勝家がほろんだのは、本能寺事変の翌天正十一年四月のことだが、勝家は信長の三男三七信孝と通謀していた。だから、秀吉は勝家が越前から北江州に出てくる前に、信孝方の北伊勢を攻略しつつあったのだが、柴田が出て来たと聞いて、あとを信長の次男信雄《のぶかつ》と氏郷にまかせて、北近江に急行し、あの有名な賤ヶ岳の合戦をし、柴田軍を痛破し、逃ぐるを追うて北ノ庄（福井）に追いつめ、自殺させたのである。

こんなわけだから、伊勢の信孝党は土崩瓦解《どほうがかい》だ。信孝方の兵はちりぢりになり、諸城皆降伏し、信孝は居たたまらず、知多半島の内海《うつみ》に逃れたが、ここで切腹させられてしまった。内海は昔の野間ノ庄のうちで、平安末期、平治の乱をおこした源義朝が戦い敗れて京をのがれ、関東へ行こうとして、ここの住人長田忠致《おさだただむね》が源氏累代の家人なので、馬と食糧を乞うために立寄ったところ、忠致父子にだまし討にされた土地だ。

それで、信孝は、

昔より主を内海《うつみ》の浦なれば
むくいを待てよ羽柴筑前

という辞世を詠《よ》んで切腹したという。藩翰譜によれば、氏郷はこの武功で、秀吉から伊勢亀山の城をくれるといわれたが、氏郷は、

「亀山は関氏相伝の城でござれば、関にたまわりとうござる」

と、辞退したという。当時の関氏の当主である一政とその父盛信ははじめ信孝方であったのだが、この戦争のはじまる前から秀吉に降伏を申し送っていたから、秀吉が氏郷らにあとをまかせて北近江に去ったあとは、万事氏郷の指揮を仰いで、寄騎のような形になっていたのであろう。だから、氏郷としてはいろいろ厚遇してやりたかったのであろう。

戦国の武将にとって何よりもうれしいのは封地を加増されることである。自らにあたえられたものを辞退して他に譲るというのは、なかなか出来ないことだ。氏郷が父《おや》ゆずりの清白な性質であったことがわかる。藩翰譜によると、彼が飛驒守に任官したのはこの年であるという。

勝家がほろんだ翌年四月、秀吉は信長の次男信雄に頼まれた徳川家康と、尾張・伊勢の野で戦い、ついに小牧・長久手の合戦に発展して行った。

この戦争は家康六分、秀吉四分の戦績で、秀吉にとっては名誉ある戦いではなかったが、氏郷は秀吉方として、諸所の戦いで度々武功を立てている。その中で、氏郷記にある話はこうだ。

秀吉が徳川勢を追って清洲城の塀ぎわまで追いつめたが、そこを退却するにあたって、しんがりを誰にしようか、へたをすると敵に追撃されると思いなやんだ末、

「飛騨つかまつれ」

と命じたところ、氏郷は、

「かしこまりました。心やすく思召され候え。敵が出てまいりましたなら、一まくりにまくり返し申しましょう」

と答え、見事にしっぱらいして、敵に慕わせなかった。

この時の戦さは、徳川方では長久手で秀吉の別働隊に痛烈な打撃を与えた名誉を最後まで守りつづけようとして、あとはいくら秀吉が仕掛けても相手にならず、守りをかたくして小牧の砦にこもっていたので、秀吉としては施すに手がない。といって、いつまでも留まってはいられない。引き上げることにしたが、その殿軍がまた大へんだ。へたな引き上げをして、徳川方の追撃が成功すれば、敗戦に敗戦を重ねたことになって、秀吉の評判はガタ落ちになり、やがて天下の大勢にも影響するかも知れない。しかし秀吉は前の清洲城での氏郷のしっぱらいぶりを見ているので、

「飛騨、こんども頼むぞ」

と命じた。氏郷が快諾し、見事な殿軍ぶりを見せたことはいうまでもない。この時氏郷は二十九である。

氏郷はこのことを、

「敵が慕わなんだゆえ、はなばなしい戦さをすることは出来なんだが、慕わせぬようにするのが、しっぱらいでは最上のはたらきなのじゃ。ともあれ殿下ご一代中のおん大事な場を、わしに仰せつかったこと、武士としての面目この上もない」

と、生涯ほこりにしたというのである。

これらの功によるのであろう、この年、氏郷は伊勢松ヶ崎で十二万石に封ぜられた。日野では六万石だったというから、二倍の所領になったのである。

松ヶ崎は今の松阪市にある。ここの東南、元近鉄伊勢線の松ヶ崎駅のあるあたりに、松ヶ島城址がある由。文藝春秋校正部の調べである。織田信雄の部将滝川雄利《かつとし》の居城だったのが、小牧・長久手合戦に付随して行なわれた戦闘で秀吉方のものになったのである。まぎらわしいが、松ヶ崎は地名、松ヶ島は城の名である。

氏郷はここに四年いて、十六年、松坂に移り、新たに城を築いて、ここを居城とした。松坂という名称も彼がはじめたのだという。その以前は四五百《よいお》の森（松坂城のあった土地）の旧城址をとりかこんだ田野《でんや》であったらしいのである。ここは江戸時代を通じて日本有数な商業都市として栄え、三井家などもここから出たのであるが、ここを都市計画をもってひらいたのは氏郷である。彼の本貫である江州日野は戦国時代には商業の盛んなところで、江戸時代になって有名になった近江商人の大部分は日野から出ているといわれているくらいであるから、彼は転封の時、商人共を連れて移ったに違いないのである。武辺一方の人物でなかったことがわかるのである。

五

氏郷が日野から松ガ崎に入部《にゅうぶ》した時のこととして、古今武家盛衰記という書物と蒲生軍記という書物に、こんなことが書いてある。

この入部にあたって、氏郷は諸士にこう命令した。

「もし行列進行中、隊列を乱したり、勝手に途中で停止する者は、斬って見せしめにする。皆々かたく心にいましめ、決してそむいてはならん」

ところが、福満次郎兵衛とて、武勇すぐれ、度々の武功もあり、氏郷の気に入りの豪傑があったが、途中馬の沓《くつ》がはずれかけたので、行列をはずれ、沓をかえた。この頃の馬の沓は蹄鉄ではなく、わら沓だ。ひもが切れたか、ゆるんだかしたのであろう。

氏郷はこれを見て、こまったこととは思ったが、

「軍法は乱すことは出来ぬ。ふびんながら斬れい」

と、目付の外池甚五左衛門・種村慮斎に命じて斬らせたという。

蒲生軍記には信賞必罰は政治の要諦であると激賞して書いているが、武家盛衰記には福満の妻子が大いに氏郷をうらんで死に、福満と妻子とが蒲生家に代々たたりをなしたと書いている。迷信深い時代のことであるから、氏郷の子孫らがノイローゼになったことは考えられないことはないが、これは氏郷の処置が当然であろう。多数の人の上に立ち、これを統率して行かなければならない立場にある人は、個人的の感情には愛憎ともに溺れてはならないのだ。いつも広く、また遠い将来まで影響するところを考えての、大局的判断が必要であろう。

こんどの大戦に従軍してのぼくの感想だが、刻烈なまでに軍紀の厳正であった兵団は、その司令官が更迭して二代目三代目になった後まで軍紀の乱れることが少なく、なまじものわかりがよく、愛情が豊かであるといわれる人が初代の司令官であった派遣軍は、軍紀上いろいろと問題が多く発生し、後に戦犯裁判にかけられた率が多かったように思う。将軍の将兵にたいする愛情はプライヴェートな場合のことだ、公的な場合には厳格であればあるほどよく、それがまた大きな愛情になりもすると思う。

氏郷は松ガ島城に入った夜、寝られないらしく、嘆息の声がしきりに室外に漏れ、翌朝は何となく浮かない顔をしていた。増封されてうれしかるべき時なのに、こうであるのは、福満をおしんでのことであろうと、蒲生軍記は記述している。

この頃、伊勢に木造左衛門佐具正《こづくりさえもんのすけともまさ》（長政ともいう）という武将がいた。元来は伊勢国司北畠氏の一族で家臣であるが、織田信雄が北畠氏の養子となって一時北畠氏の当主になったころから、信雄に属して秀吉方と戦ったのであるが、その城は松ガ崎と阿濃津の間にあって（諸書によって城の名が違うが、この地域の久居《ひさい》町内に木造という村落がある。いずれその近くであろう）、ここにこもって秀吉に降伏しようとしない。そればかりか、阿濃津城の支配する地域に兵を出して、しきりに荒しまわる。青田刈りしたり、民家に放火したり、財物を強奪したりだ。阿濃津は氏郷が松ガ崎をもらう以前に、信長の弟である織田信包《のぶかね》がもらって入部していたのである。信包は兵を出して征伐したが、どうしても勝つことが出来ない。

氏郷が松ガ崎に入部すると、木造はこんどはこちらの方に鋒先を向け、氏郷領のおりから黄熟して刈り入れを待つばかりの田を刈りとったりなどしてあばれる。氏郷はその度に兵を向け、自ら真先きに立って敵中に駆入って攻め破ること十二度におよんだ。木造は無念に思った。

「織田上野《こうずけ》殿の勢は歯も立たぬわれらの勢が、あの江州ものには戦うたびに破らるる。無念なことかな。さらばすべき様《よう》にこそあれ」

と、一夜、小川内（近鉄大阪線に小川という駅あり）というところに伏兵をおいて、そのこちらに軍勢をくり出して来た。

氏郷は報らせを受けると、すぐ兵をひきいて城を撃った。敵はよきほどに戦って予定のごとく退却した。伏兵らは一斉に鉄砲を撃ちかけた。

氏郷の兵らはおどろいて、

「これではかかれぬ。敵には備えがある」

と言いながら退却にかかったが、ふとふりかえってみると、ただ一騎敵に突入し、おめき叫んで戦う者がある。おりからの月の光に、その武者のかぶった冑が銀色にかがやききらめいている。氏郷の冑、銀の鯰尾《なまずお》の冑だ。

「やあ、殿だぞ！」

というや、一同どっとさけんで引返し、縦横に奮撃して、ついに敵を追いくずし、討取るよき首十八、かちどきをあげて城にかえったと、氏郷記にある。

勇敢おどろくべきものだ。これがかいなでな武将なら、自分も退却にかかり、追撃され、引足立った時の兵はおそろしく臆病になっているものだから、さんざんに打ちなされ、最も見苦しい敗戦となるところだ。氏郷はその勇敢と戦機を見る機敏さによって、凶を転じて吉としたのである。この時氏郷は三十前後だ（氏郷記に二十六とあるは誤り）。天性の将器といってよいであろう。

六

　氏郷記には木造氏との戦いにこんなことも記述している。木造勢が小川内の川末までとあるから、小川が雲出川に注ぐところだろう、そこまでくり出して来たというので、氏郷は早速出陣した。敵は日暮になって退却にかかった。これが計略的退却であることを氏郷は知っていたが、

「何ほどのことがあろう、踏みつぶせ！」

とばかりに真先きかけて追撃した。白馬に乗っていたというから、危険千万なことだ。

　癇《かん》の強い馬だから飛ぶがごとく、はるかに味方に駆けはなれて進み、小川にかかった石橋を駆けわたった時、橋の袂に「天景寺の勘太郎」という敵の勇士が待ちかまえていて、ひらりと飛び出すや、抜きそばめていた刀で馬の平頸《ひらくび》めがけて斬りつけた。あやまたず、平頸を斬りおとした。

　どうと馬はたおれる。勘太郎どんは氏郷が馬からはねおとされるところを斬りつけるつもりであったろうが、氏郷はひらりとおり立っていた。勘太郎は切りつけた。氏郷は受けとめたが、体勢の定まっていない時だ、旗色大いに悪かったが、その時氏郷

勢があとから多数駆けつけて来たので、勘太郎はどんどん逃げ出した。

「逃げるか、卑怯者！」

氏郷は追いかけたが、ついに追いつかなかった。「敵達者ものにて逃げのびぬ」とある。この戦さでは敵の首二十三討取って城に帰ったという。

こんな工合で、木造勢にたいしては常に勝ちを得はしたが、徹底的な打撃をあたえることが出来ないので、いつまでもやって来る。青蠅みたいだ。うるさくてならない。氏郷は忍びの者を多数放ち、

「敵の出づるを見たならば、鉄砲を打て。聞きつけた者は次第に打ちつげよ。さすれば城に達することになる」

と命じたが、敵もまた工夫を凝らした。

「あの江州ものは、いつも真先きかけて来る。これを工夫の種にし、やつを討取ってくれよう」

木造左衛門佐の案じ出した戦術は——物頭をし、口をもきくほどの兵《つわもの》と、氏郷記にあるから兵隊の位で言えば佐官級くらいの武士だ、それを全部氏郷領の曽原（津と松坂との間の海沿い三雲村にこの字名《あざなめい》あり）へ出して、要所要所に伏せておき、氏郷がれいによって真先き駆けて来るのを討取ろうというのであった。

準備成って、九月十五日の夜であったという。いつものように木造方は蒲生領に入

って刈田をはじめた。これを氏郷方の諜者らが見つけて、申渡されていたように鉄砲を放って報じた。次ぎ次ぎに打ちつぐ鉄砲の音を聞きつけた氏郷は、二千の兵をひきいて駆けつける。「月さやかにて日中の如し」と氏郷記は描写している。晩秋満月の夜だ。冴えに冴えて明りわたっていたろう。

氏郷ほどの武将だ、敵の計画をはっきりとは知らなくても、何となくキナくさいものを感じたであろう。曽原から三十町ばかりの地点で一時停止し、軍勢を千百と四百と五百との三隊として、戦術を告げた。

「千百隊はここにとどまりおれ。四百隊は先ず進んで刈田している敵を追い散らせ。必定、敵の本隊が出てかかって来るであろうから、よいほどに戦って退け。おれは五百隊をひきいてここから三、四町進んで待ちかまえていて、それを収容し、勝ちほこって進み来る敵と戦う。しばらく戦ってここまで退《ひ》いて来て反撃に転ずる故、千百隊は機合《しおあい》を見ておこり立ち、敵を引っ包んでしまえ。あわててあせるなよ、必ず機合を見ておこり立て」

と、くわしく言い聞かせておいて、先ず四百隊を出し、次に五百隊をひきいて進んだ。

計略は予定の通り進み、最後の段取りの敵味方全軍の合戦となったが、木造方も今夜はよほどの決心で来ている。崩れ立つべきところが崩れず、実に頑強に戦う。

「小癪なやつばら！」

氏郷は最前線にあって、駿馬をあおって敵中に突入し、縦横に馳駆《ちく》して奮撃した。

「四角八面にかかつて破り、突き倒しては駆けまはり、乗り散らし乗り返し戦はる」

と氏郷記は叙述している。大激戦になり、外池・長吉・黒川・西・田中などという氏郷秘蔵の勇士らが戦死したというのだから、いかにはげしかったかがわかる。氏郷もあとで調べてみると、鯰尾《なまずお》の冑に鉄砲玉のあと三カ所、具足にも数カ所のきずがあったが、身にはかすり傷一つ負わなかったという。

ついにさすがの敵もくずれ立ったので、逃げるのを追うて敵の城下まで追いつめた。よき武者の首三十七、冑付きの首（高級将校の首）三十六、討捨てにした雑兵数知れずというほどの戦利であった。

感ずべきはこの時のこれからの氏郷の戦略だ。

氏郷の重臣らは、敵の本城まで攻めつけたことなので、

「この勢いに乗って城へ乗入り申そう。木造は今や肝魂《きもだましい》も身にそわずおりましょう。何の手間ひまいりましょう」

ときおい立ったが、氏郷は、

「いかにもその方の申す通りじゃ。この城を落すことはわけはあるまい。しかし、ここで木造をあくまでも攻殺す手に出ては、敵方の他の城もどうせ攻め殺されるのじゃ

と、死に狂いの抵抗をするようになるであろう。そうなっては、あとがめんどうじゃ。今夜の戦さで、木造方の物頭ぶんの者の半分以上を討取り、またよい武者も多数討取った。木造の戦力は前の半分以下になったわけじゃ。大方明日は降伏を申込んで来るであろうよ。そうしたら、ゆるしてやるつもり、まあ見ているがよい」

と言って、城から十町ばかり引取って陣取った。

すると、あんのじょう、翌日木造は降参を申込んで来た。氏郷はこれをゆるしたばかりか、

「何なりと所望に応じよう」

といった。木造は主人でござれば長島（木曽川河口）城の信雄の許にまかりたしという。

「よいとも」

即座に承諾し、長島までの道中の伝馬や人足まで申付け、ねんごろに送りとどけてやった。

これが評判になると、木造に荷担していた付近の小城《こじろ》にこもる武士達は皆降伏して他に去ったり、帰農したり、氏郷の被官になったりしたという。

戦術には読心術——心理分析的面が多いのであるが、巧妙なものである。氏郷のこの時の年齢を考えると、老成おどろくべきものだ。天成の名将なるかなの感がある。

次ぎに氏郷が戦功を立て、天下に名を揚げたのは、秀吉の九州征伐の時だ。

七

当時九州は薩摩の島津がほとんど全九州を席巻して、のこるところは大名としては大友一氏、土地としては豊後全土と豊前・筑前の各々一部だけであった。秀吉の九州征伐の直接原因は大友氏の哀願であった。

征伐の最初の着手は天正十四年晩秋であった。秀吉は先ず先発隊として、長曽我部元親・十河存保《そごうまさやす》、仙石秀久（権兵衛）の三人をつかわした。土佐・讃岐《さぬき》・淡路、三人とも四国大名だ。

この先発隊が十二月中旬、豊後の戸次《べっき》川の合戦で散々に島津勢に撃破され、十河は戦死、長曽我部の長男信親も戦死、元親と仙石とはいのちからがら四国に逃げかえった。

第一着は失敗だったのだ。

秀吉は翌年春、親征の途につき、三月二十五日に赤間関《あかまがせき》についた。

秀吉が九州についた時、北九州に出張っていた島津勢は、北九州を去って薩摩・大隅・日向の南半に引き上げてしまっていた。島津に征服されて間のない北九州の諸豪が秀吉が来ると聞いて、安心ならない様子を見せはじめたので、本国で戦うのを有利と見たわけであろう。

ところが、この北九州に二つだけ島津方の城があった。

一つは筑前の秋月《あきづき》城であり、一つは豊前の巌石《がんじゃく》城だ。両城とも秋月の秋月種実《たねざね》の持城《もちじろ》である。島津氏にたいしてなにか特別な義理か友愛があったのであろう、争って秀吉に降伏を申送る北九州の諸豪の中で、ただ一人反抗の色を見せ、両城を堅固に守っているのであった。秀吉は両城の地形を見て、巌石城にはおさえの兵をおいて先ず秋月城を攻めることにした。巌石城は天然の要害に位置している上に、ここに籠《こも》っている熊谷越中守久重と芥川六兵衛というのがなかなかの豪傑であり、兵も三千あるという。親征の第一歩に攻めあぐむようなことがあっては、去年の先発隊の失敗があるだけに、関白軍の権威に関する。

「上方のへろへろ武士共が相手じゃったけん、あぎゃん勝たしゃったとばい。九州にござってはまるでザマのなかかと。いッちょんおそろしゅなかばい。こぎゃん風じゃ薩摩征伐も怪しかもんたい」

と、言い出さないものでもないし、島津に心を通ずる者が出ないものでもないし、そうなれば戦局もはかばかしく進まないであろうし、それはやがて中央や東国の形勢にも影響して来るであろう。

秀吉としては大事をふむ必要があったのである。

この巌石城のおさえを命ぜられたのは、前田利家の子前田利長、秀吉の養子羽柴秀勝(信長の実子)、それと氏郷であった。

氏郷は気性のはげしい人である。秀吉軍の主力が秋月城攻めにどんどん行進して行くのに、あとにのこって城のおさえなどしているのが無念でならない。巌石城を攻めおとしてやろうと思い立った。

そこで、先ず偵察にかかる。ものなれた武者二人に、巌石の山の麓一帯をよく見てまいれ、どうやらおれの目には麓の在所には人がいないように見ゆる、と命じた。

「かしこまりました」

二人は出かけて行ったが、やがて帰って来た。

「仰せの通り一人もいません。在所の家々に立退く際に食したと思わるる飯のかけらなど散らばっていましたが、すべてカチカチにからびております。よほど前に立ちのいたと思われます」

「いつ頃じゃと思うか」

「さあ、それは……」

と顔を見合わせているばかりだ。

氏郷は布施次郎衛門(原文のママ)・土田久介というさらに心得のある武士をえらん

で、しかじかである故、念を入れて見てくるよう、と命じてつかわした。

二人は出て行ったが、帰って来て、

「飯粒以外にはとくべつなことは見当り申さず、いつ退《の》いたかわかりません」

と、報告する。氏郷は三度《みたび》人をつかわす。こんどは蒲生四郎兵衛をつかわした。氏郷が姓をあたえて重役にしているほどの武士だ。なぜ氏郷がこうまで念を入れたかというと、この城の攻撃を秀吉に乞う決心でいたからだ。

「かしこまりました」

四郎兵衛は出て行ったが、帰って来て、

「巌石城の麓の在所の者共は十日以前に立退きました」

と、はっきりと言った。

「ほう、その理由は？」

「路面に足あとが見えませんが、これは雨のために消えたのであると判断します。雨は十日前に降っただけで、その後は天気つづきでござる。すなわち十日以前に立退いたこと疑いないと存じます」

「よく見た」

氏郷は感心し、家老の町野左近を呼び、

「その方関白殿下ご本陣へまいり、巌石城は攻め落し得べき体に見えますれば、攻撃おゆるし下さるようと、お願い申してまいれ」

と命じた。

町野は秀吉の本陣へ行き、牧野兵部大輔・戸田三郎四郎をとり次ぎとして、氏郷に言われた通り願い出た。すると、秀吉は、

「巌石は聞こゆる名城である上、武勇すぐれた者共が数人大将としてこもっている。もし攻めあぐむようなことがあっては、影響するところ大である。もちろん攻落せばよい影響のあることはわかっているが、冒険にすぎる。先ずはやめにせい」

とて、許さなかった。

氏郷は左近の復命を聞き、また左近をつかわして、「必ず易々《やすやす》と攻落し申すべし」と言わせたが、秀吉はやはり許さない。氏郷は三度《みたび》乞うた。

ついに秀吉は承知して、

「さほどまで申すならば許そう。もし攻めあぐみたらば切腹つかまつれ」

と、言った。

このへん秀吉の機略の存するところであろう。秀吉ほどの人だから、氏郷の口上を聞いて、やってやれないことはないと悟ったであろうが、一通りのことでは成功おぼつかないと見て、氏郷を激させようとしてなかなか許可しないでおいて、最後にゆるし、こんなことばをそえたのであろう。

八

許可が出たので、氏郷は大いによろこび、秀吉のことばを家臣らに告げ、

「皆々討死の覚悟で働きくれい」

と、下知した。「家中の者共ひしひしと用意す」と、氏郷記は叙述している。簡潔な書きぶりが、実によく利《き》いている。

秀吉は重ねて命令を下した。

「城中の人数ことのほかに多いとのことなれば、飛驒が人数だけでは不足であろう。前田利長・羽柴秀勝・石川数正（もと家康の家老で家康を裏切って秀吉に随身した三河武士だ）をして加勢させる。おれも明日は早朝から後詰《ごづめ》して柞原《ゆすばる》山に本陣をすえ、見物しているぞ。よく働け」

秀吉が桟敷から見物している。最も晴れがましい城攻めになったわけだ。

明くれば四月一日。

戦いは早朝からはじまった。氏郷は大手口から、前田利長はからめ手から、攻めかかった。氏郷は麓に三つの砦のあるのを即時に乗りとり、息もつかず攻め上った。城中からはさかんに鉄砲を撃ち出す。こちらもおとらず撃ちこむ。

秀吉は柞原山の上から、諸勢に鬨の声をあげさせ、金の千成瓢《せんなりひさご》の馬印《うまじるし》を打ちふらせ、打ちふらせ、声援する。

蒲生勢はついに城の木戸際まで攻め上った。敵は必死に防戦する。すさまじい戦闘になった。

「その木戸、乗り越えい！　それ行け！　それ行け！　エイヤ、エイヤ、エイヤ……」

氏郷は声をかぎりに絶叫し、叱咤《しった》した。

蒲生源左衛門・寺井半左衛門（後栗生《くりゆう》美濃）・門屋《かどや》助右衛門、岡左内などという勇士らが先きを争って逆茂木《さかもぎ》を引きのけ、壁をよじのぼって飛びこんだので、あとの兵もわれもわれもとつづき、つぎに塀をおし破り、二の丸を乗りとった。

秀吉は柞原山の上から見ていて、

「早や城は落ちるぞ！　したりや、したりや！」

とさけび、着ていた陣羽織——薄浅葱《うすあさぎ》の地に柳を繡《ぬ》い、紅梅の裏をつけたのをぬいで、使い番に持たせて、

「これを着て本丸を乗りとれい」

という口上とともに、氏郷の許にとどけさせた。

氏郷は拝謝して受けて羽織り、

「馬廻の者も、小姓共も、残らず本丸へかかれい！」

と下知して、真先きに立って突進したので、兵共もためらわない。蒲生勢一同火水になれとはげしい攻撃を加える。

これを見て、他の諸将の兵もおとらじと攻撃する。

城中では必死に防戦したが、こうなってはどうしようもない。ついに城はおち、大将熊谷越中以下討取られてしまった。

秀吉は愛馬の一つ、鹿毛にて太くたくましきに梨地の鞍をおいて、氏郷の許へひき行かせ、

「この馬に乗って本陣へ参れ」

と口上を伝えさせた。

こういうところ、秀吉の人心を攬《と》る術、なかなか巧みなものである。もっとも、理屈ではわかっていても、気はずかしくて普通の人間には出来そうもない。英雄たるには相当以上の図々《ずうずう》しさがなければならないのである。

氏郷は今もらった鹿毛の馬にまたがり、秀吉の本陣に出頭すると、秀吉は口をきわめて、今日の働きを激賞したばかりか、蒲生源左衛門・寺井半左衛門らの家来共まで呼び出し、わざわざ彼らのさしものをとり寄せさせ、手にとって、

「おお、この指物じゃった。真先きに進んで城に乗り入ったのを見たぞ」

とか、

「おお、おお、この指物こそ、最も敵のかたまった中に飛びこみ、四角八面に敵を追い散らしたわ。胸のすくようであったぞ」

とか、いった工合にほめ立て、それぞれに陣羽織をくれた。またその他の功名のある者には、金銀をあたえた。

再びいう、秀吉はいつもこんな工合にして士心を収攬《しゅうらん》したのだ。

巌石城の即時の陥落は、全九州の人心を秀吉に定着させ、島津勢の胆をうばった。「この響きをもつて、島津が分国数ケ所の城々ことごとく退散し、島津は居城鹿児島へ引きこもる」と、氏郷記は書いている。史実に照し合わせると順序に多少逆なところがあるが、気持としてはこんなものである。それだけに、氏郷の功は九州征伐全体を通じてならびなきものといってよかろう。

余談だが、この巌石城攻めの時に一挿話がある。

本多三弥正重というのは元来三河武士で、有名な本多佐渡守正信の弟だ。正信は三河の一向宗門徒が一揆をおこした時、一揆側にくみし、徳川家を浪人したのだが、多分三弥もその時一緒に浪人したのだろう、この頃は氏郷の家来になっていた。三弥は有名な荒者《あらもの》で、生涯誰に向ってもツケツケとものを言い、そうした逸話が多数伝わっている人だが、この時、氏郷が軍勢をはげますため、自ら貝を吹こうとすると、鳴ら

なかった。三弥はそれを見て、

「総じて腰抜けの吹く貝は鳴らぬものでござる」

と言った。氏郷は怒り、その方吹いてみよ、鳴らずば生《い》けておかぬと、刀のつかに手をかけると、三弥は貝をとり上げ、高々と吹きならし、

「剛の者の吹く貝、お聞き候か！」

と言いすて、槍をとって、敵中に突進して行ったという話がある。

九

蒲生軍記によると、この巌石城攻めの時、軍令にそむいて氏郷から浪人を命じられた者が数人ある。本多三弥・岡半七・西村左馬助まではわかっているが、この他にもまだあったらしい。本多三弥はこの後加賀の前田家につかえたりなどして、慶長元年に徳川家に帰参している。本多三弥はこの以前帰参して、家康の謀臣になっているから、それのとりなしがあったのであろう。

岡半七は、京都に帰り、僧となって黒谷の寺院に入って生活していたが、氏郷が京に凱旋したと聞くと、坊主あたまに煤《すす》けた頭巾をかぶり、破れ衣を着て、氏郷の通る道筋に待ちかまえていて、わざと付近の人家に食を乞うたり、通る人々に袖乞いした

りした。氏郷は、

「やあ、あれは半七ではないか。つらあてをしおる！」

と、腹を立てたという。

この話はいろいろに解釈出来るところがおもしろい。岡半七は氏郷の考えたように、かつて蒲生家で屈指の勇士といわれた拙者をわずかなことから、殿は乞食坊主《こつじき》の境遇におしおとしなされた、さぞお気色《きしょく》のよいことでござろうなとつらあての気持であったのかも知れない。あるいは、殿におひまを出されても、これこの通り乞食しても生きて行けますわいというのであったかも知れない。あるいはまた、いくら殿が厳格なご性分でも、こうなった拙者をごらんになっては少しは反省をなさいましょう、そんならお召返しあれ、帰参して進ぜましょうというのであったかも知れない。

いずれともわからないが、半七はついに帰参しなかったようである。兄である左内貞綱がずっと氏郷の死ぬまで蒲生家につかえているのに、こうであったところを見ると、第一または第二の解釈の可能性が強い。こんな例は当時勇士と称せられた武士には少なくないことであった。

西村左馬助ほか数名は、細川忠興《ただおき》に頼み、その口ききで帰参している。

この西村という男と、氏郷との間には有名なエピソードがある。帰参の翌日、氏郷は何を思ったか、西村に角力をとろうと言った。

西村は「はっ」と答えながらも、心中大いにこまった。

『実力なら負けるとは思わないが、せっかくこうして帰参をゆるされたのに、勝ってはごきげんを損ずるかもしれない。しかし、負ければ人は西村ほどの男も浪人ぐらしの苦しさに軽薄な根性になり下ったといおう。はてなんとしたものか』

と、苦慮したが、

『人は名こそおしけれ。どうなろうとままよ！』

と、決心した。

角力は座敷において行なわれた。

西村は氏郷を容赦なく投げつけた。

「無念なことかな！　今一番」

氏郷は力足ふんで挑みかかる。西村もまた力足ふんで立向った。氏郷の近習の者らは、

『こんどは負けられよ。殿のごきげんが悪くなっては、貴殿のおためになるまい』

との意味をこめて、しきりに目くばせしたが、西村はまた容赦なくたたきつけた。

氏郷は起き上り、笑いながら、

「そちの力はおれに倍しているぞ」

とほめ、翌日は知行を加増してやったというのだ。

この話は数年前の芸術祭の時、「明月若松城（?）」と題する講談となって演ぜられ、その年度の芸術祭賞になったが、実説は会津城のことではなく、京都の屋敷でのことである。（蒲生軍記）

この時代の武将らは家臣の使い方がまことにうまい。前章で秀吉の士心収攬《しゅうらん》法を述べたが、信長などもきわめて荒っぽいやり方ではあるが、なかなか巧みだ。氏郷はどちらかといえば、秀吉の弟子というより、信長の弟子で、秀吉とは相弟子といってよい人で、いろいろなやり方が信長に似たところが多い。軍律に厳格をきわめ、犯す者は寵愛の士でも容赦しなかった点などそれだが、一面では士心の収攬に独特な巧みがある。さしずめ西村左馬助にたいするやり方がそれだが、そのほかにもある。

第一話は新たに武士を召抱える時、必ずこう言ったという。

「おれが旗本の中に銀の鯰尾の冑を着けて、必ず先陣に進んで戦う者がある。この者におとらぬように働け」

鯰尾の冑の武士とは氏郷自身なのである。

第二話。ある時、家臣らを招いて饗応《きょうおう》したことがあったが、その風呂の火を自ら頭をつつんで焚《た》いたという。当時の風呂はむし風呂が普通で、大へんなご馳走だったのである。主人自ら焚いたのは心をこめたのである。

第三話。大和の筒井家の家来で松倉権助という者があった。何が原因になったのか、

松倉は臆病者という評判が立ったので、その家に居にくくなって、氏郷のところに来て、

「拙者は臆病者と言われている者でござるが、臆病者も良将のもとではお使い道があると存ずる。お召抱え願いたい」

と願い出た。氏郷は、

「見どころあり」

といって召抱えたが、間もなくおこった戦いに松倉は槍を合わせて、よき首を取った。

「あッぱれ、おれの見るところに違《たが》わなんだ」

と、氏郷は二千石をあたえて物頭とした。

すると、次の合戦に松倉は人目をおどろかして、最も勇敢に戦ったが、あまりにも深く敵中に入って、討死してしまった。氏郷は、

「松倉は剛勇であり、器量も抜群で、久しく人の下になどおれる男ではないと思うた故に、取立てを急いだのだが、その恩に報いようとて無理な戦いをし、討死してしまった。今少しゆるゆると取立つべきであった。おれの思慮が浅かったため、あッたら武士を失うた」

と、近臣らに語って涙をこぼしたという。

第四話。松田金七も大和の武士だ。奈良で人と争論し打擲《ちょうちゃく》され、死を決して戦おうとしたが、無理に引きとめられた。以後、自分の鎧の背に金箔で「天下一の卑怯者」と書きつけた。蒲生家に来て、家中の知人に頼んで、

「われらは天下一の卑怯者でござるが、もしお役に立つこともあろうと思召さば、お召抱えをいただきたいと存ずる」

と氏郷に申入れた。氏郷は、

「つつみかくしなく正直に申すところ、見どころあり。召抱えてとらせよう」

と、禄をあたえ、鉄砲頭にしたが、果して合戦毎に功を立てた。

第五話。佐久間久右衛門安次が氏郷に召抱えられ、はじめて氏郷にお目見えした時、畳のへりにつまずいてたおれた。氏郷に侍していた小姓らはたがいに目くばせして笑った。氏郷は怒って、

「汝《わい》らは子供でものの区別というものがわからぬ故、自分と同じように思うて、彼を笑うのじゃ。佐久間は畳の上の奉公人ではない。千軍万馬の間を駆けまわって敵の勇士を討取るを職分とするものだ。汝らは畳の上の奉公を第一とする職分だ。佐久間を笑うということがあるものか」

と叱りつけたという。佐久間はいかばかりうれしかったであろう。この君のためにはいつでも死のうと思ったであろう。

第六話。橋本惣兵衛という者を一万石の約束で呼びよせたが、ある時、惣兵衛が家中の者と雑談のついでに、

「十万石の知行を賜わらば、子供一人くらいは川へ捨ててもかまわぬと思い申す」

といった。氏郷はこれを聞き伝え、惣兵衛を呼び、

「その方は知行のためには子を捨ててもよいと申した由。さてさて、たのもしげなき心根かな。それは利のためには人質も捨殺しにする心である。かかる者に高知はやれぬ。一万石の約束であったが、千石に減ずる」

と言渡したという。

史記の斉太公世家に、首相管仲の病気の危篤になった時、桓公がその病床を見舞い、

「そなたのあと誰を首相とすべきか」

と問い、易牙《えきが》はどうだというと、

「易牙は君の御意に入ろうとして、わが子を羹《あつもの》にして献じたことがござる。人情に遠い人がらでござる。よろしくござらぬ」

と答えた。

それなら開方はどうだというと、

「開方は元来衛の公子でござるのに、親にそむいて当国に来て君につかえたのでござる。これも人情にそむいています。お近づけになってはなりません」

「しからば豎刁《じゅちょう》はどうだ」

「自ら去勢して宮中に入り、君に近づいた者でござる。人情に遠うござる。よろしくありません」

この管仲の言を用いず、三人を近づけ親しんだので、三人は権勢をふるい、桓公の死の直後内乱がおこってたがいに相攻伐し、そのため、桓公の死骸はそのまま寝台の上におきっぱなしにされること六十七日、うじが寝室の戸の間から這い出すという惨憺たることになったという。

人情に遠い人物はいかに長所があろうと重く用いないという氏郷の心は、ぼくにはまことに尊く思われる。

十

九州征伐の前年から、秀吉は京都に大仏殿の建立にかかったが、征伐をすませて帰って来ると、また大仕掛につづけた。秀吉はとくに仏教に信仰心があったわけではない。壮大なことの大好きであった彼は自分の功業の記念碑的意味をこめて、奈良の大仏より大きい大仏をこしらえたいと思ったのが理由の一つだろう。奈良の大仏は五丈三尺五寸だが、この大仏は十六丈あった。大体三倍あるというのが秀吉の味噌だったろう。もっとも、奈良の大仏は銅像だが、これは速功するために木像にしっくいを塗り彩色をほどこしたものであった。後にこれが大地震で大仏殿ともに崩れ、秀吉の死後家康が菩提をとむらうためという甘言をもって淀殿に再建をすすめ、淀殿これを承諾し、大仏は銅をもってつくられ、仏殿また壮麗をきわめて再建されたが、その落慶式を行なうにあたって、鐘の銘文について家康が文句をつけ、大坂の陣となり、ついに豊臣家滅亡となったことは、皆様ご承知のことだ。功業の記念碑が家を滅亡させる動機となったのだ。皮肉である。

秀吉が大仏殿を営んだもう一つの大きな理由は、自分の威勢のさかんな様子を天下に誇示して、諸大名をふくめての天下の人に自分にたいする畏敬の念を生じさせ、その叛心を封じようというのであったろう。秀吉は最下層の庶民の中からスタートした人だけに、コケオドカシの効果を身をもって知っていて、大いにそれを利用した人だ。後世の学者のなかに彼を「詐術をもって天下を得た」と評している人がいるのは、この点のこともいうのであろう。もっとも、微賤《びせん》の生まれであるという劣性コンプレックスを圧倒脱却するためには、常に壮大豪放を心掛ける必要があったという解釈も成立つであろう。

第三の理由は、こうした大仕掛なお祭さわぎをすることによって、戦国乱離の時代はすでに去り、太平洋々の時代が来たと天下に実感をもって覚知させようとの機略もあったろう。彼は国々の百姓らの所蔵する刀剣類を没収し（諸大名にも命じて励行させている）、いいものだけのこし、他は全部大仏殿建立に必要な釘やカスガイにしている。民の信仰観念を利用して民間の武力を奪ったわけである。

ともかくも、ざっと以上のようなことで、大仏殿を営むことにしたわけであるが、大仏殿に必要な材木は土佐・九州・信州木曽・紀州熊野から徴発し、大仏殿の四方に築く石垣用の石材もまた彼の勢力圏内にある大名全部に課して切出させ、京都に運ばせた。

蒲生軍記によると、氏郷は石垣の隅に使う大石材を寄進している。三面一丈二、三尺の大石であったという。氏郷はこれを近江の三井寺の山上に発見し、京都まで曳いて来たのである。

軍記はその様子をこう叙述している。蒲生源左衛門郷成《さとなり》——もと坂源次郎といったのだが、蒲生姓を授けられて老臣の一人となっている人物だ——が背に朱の日の丸をつけた太布《ふとぬの》の帷子《かたびら》を片はだぬぎし、小麦わらの笠をかぶり、采配をふって石上に立って木遣《きやり》の音頭をとり、その左右に蒲生左文郷可《さとよし》（もと上坂左文）の家来中西喜内が笛を吹き、蒲生四郎兵衛郷安（赤坂隼人佐）の家来赤坂市蔵が太鼓をたたいて拍子をとりつつ立った。氏郷自身が曳綱に手をかけ、エイヤエイヤとひいたので、家臣らも一人のこらず曳綱をとった。この時、戸賀十兵衛という者の下僕がわらじの宰領をして

曳かないのを、氏郷は見て、

「あいつ一人どうして曳かぬのだ。ここへ引きずって来い」

といって連れて来させ、田のあぜに引きすえ、即座に首をはねたので、一同ふるえ上り、全力を出してエイヤエイヤと曳いた。時代の気風とはいいながら、このはげしすぎるところが、前にも言った通り、信長直伝の弟子である。

人々は全力をふりしぼって曳いたが、何しろ巨石だ、なかなかはかが行かない。氏郷は一策を案じて、容姿美しくまた声のよい遊女《ゆうじょ》数十人を連れて来、美しく着かざらせて石の上に立たせ、拍子をとり唄をうたわせたので、人々は気力百倍して、東山の日ノ岡までは曳きつけたが、坂の勾配が急になったので、進みかねた。

蒲生源左衛門は、わざと泥田の中にまろび入り、泥だらけになって這いおきた。その滑稽さに一同ドッと笑い出し、気力が出て、ついに日ノ岡峠まで曳き上げた。

氏郷は源左衛門の機転をよろこんで愛馬をあたえたという。

坂を下ればやがて京都の入口の粟田口《あわたぐち》だ。ここからは左右の民家の屋根にのぼって曳いたので、家々はすべて踏み破れたという。あとで弁償したかどうか記録にはないが、迷惑な話だ、当時の庶民は気の毒なものであったのである。

この時、秀吉が来た。

「やあ、見事な石じゃ。日本一の大石じゃな。あッぱれあッぱれ」

と、れいの調子のよさでほめ立て、身軽に石に飛び乗った。供をして来た木村常陸介も飛びのった。ひょっとすると美しい遊女らが花束のようにのっているからであったかも知れない。

遊女らはものおじすることを知らないから、愛嬌づくったながし目かなんぞしてそのまま石の上にのこっていたが、蒲生源左衛門と笛太鼓役の二人はあわてて飛びおりようとした。

「待て待て、それにはおよばん」

秀吉はとめて、石上で衣裳を着かえた。「異様になって」とあるから、異装をしたのだ。急に異装の間に合うはずがないから、はじめからそのつもりで着るものを用意して来たのであろう。演出精神は秀吉の重要な特質の一つである。

秀吉は常陸介に太鼓をたたかせ、喜内に笛を吹かせ、自ら木遣の音頭をとったので、人々の気力が大いに出たばかりでなく、京都中の大名・小名が先きを争って駆けつけ、家来共とともに曳綱をとり、エンヤラエンヤラと曳いた。さしもの巨石が飛ぶがごとく、大仏殿の敷地に到着したという。

十一

小田原征伐は、九州征伐から三年目である。

この出陣にあたって、氏郷は従来の熊毛の棒の馬じるしを三蓋笠《がいがさ》にかえたいと秀吉に請うた。

「三蓋笠の馬じるしは、佐々成政《さっさ》の馬じるしであった。佐々が豪勇は天下の人の知るところであるが、そなたの武勇も佐々におとるべきではない。苦しからず。許すぞ」

と秀吉は快く許した。佐々が柴田勝家党として、勝家の死後もなお反抗を継続すること二年四カ月、力屈して秀吉に降ったのは天正十三年八月末であった。彼はやっと越中新川郡だけを所領としてとりとめて、秀吉のお伽衆とされたが、翌々年九州平定とともに肥後五十万石の領主に返り咲いた。しかし、間もなく一揆がおこり、やっと鎮定はしたものの、翌年自殺を命ぜられたのである。

秀吉にとっては一時は執拗な敵だったのであり、ついには死を命じたのだ。好意の持てようはずのない人物なのだが、ことさらその人物の馬じるしを所望したのだから、氏郷の気持にも、秀吉の気持にも、相当複雑なものがあったろうと考える人もある。

つまり、旧主家である織田家をないがしろにする秀吉にたいして、氏郷がおもしろからぬ感情をもち、わざと佐々の馬じるしを請い、秀吉もまたその気持を察しておもしろくなく思いながらも、淡泊をよそおって快く許したと解釈する説だ。

この解釈をとる人々は、氏郷が信長の聟である点と、この出陣にあたって氏郷に次ぎのようなことのあったのを相当重く見るのだ。

出陣に際して、氏郷は、

「佐々の馬じるしを申請けながら大功を立てずんば恥辱である故、自分は死を決して奮戦するであろう。形見をのこそう」

とて、絵師を呼び、自分の絵姿をうつさせた。白綾の小袖を着、左手に扇子を持ち、右手に楊枝《ようじ》を持った平生の姿だ。彼はこれを菩提寺に納めて出陣したという。

そこまで考えることはない。秀吉はそんな腹の小さい人物ではないし、氏郷が決死の覚悟で戦陣に臨んだのは常のことで、この時にかぎったことではないと言う者もいる。

こんなことは推察だから、どうにでも好きに解釈してよいのである。

小田原征伐に松坂を出発する時のこととして、蒲生軍記はこんなことを伝えている。

氏郷は侍の一人に自分の冑をもたせ、

「そちはここを動いてはならんぞ」

と命じておいて、馬を先陣から後陣に走らせて隊伍を正してかえって来てみると、冑を持たせておいた武士が位置をはなれていた。

　氏郷は呼び出し、

「軍令にそむくにより、処罰する！」

　と、中渡しざま、手討にした。軍士一同恐れて粛然となったというのだ。

　氏郷が軍紀の厳正を最も重んじたことは、これまで縷述《るじゅつ》したし、彼の大特質の一つであると思われるのだが、史記の列伝に、有名な兵書「孫子」の著者孫武にこんなことがあったと記述している。

　孫武が兵法を説いて、天下を周遊し、呉王闔廬《こうりょ》に見《まみ》えた時、闔廬は、

「そなたの著作書十三篇（今伝うる孫子なり）をわしは読んでみたが、一つ実地に練兵してみせてくれまいか」

　と言った。

「よろしゅうございます」

「女でも兵として訓練できるかな」

　ひやかし気味だったのであろう。

「出来ます」

　王は後宮の美女百八十人を出した。孫武はこれを分って左右両隊とし、王の寵姫二人をもってそれぞれの隊長とし、皆に戟《ほこ》を持たせて整列させ、先ず言った。

「あんた方、自分の胸、自分の背中、左右の手を知っていますな」

「知っていまアす」

美女らは一斉に答えた。浮かれ切って、はなやかなものであったろう。

「知っているなら、大いに都合がよい。しからば、『前』とわしが号令をかけたら胸のむいている方に向き、『右』といったら右手のある方に向き、『左』といったら左手のある方に向き、『うしろ』といったら背中のある方に向くのですぞ。よいかな、わかりましたかな」

「わかりましたア」

「もし、命令にそむく者は、軍律に照らして処断しますぞ。この鉄鉞《ふえつ》（まさかり）で首を斬ってしまうのですぞ。うそではありませんぞ」

と、いくどもくりかえして言った。

「わかってまアす、わかってまアす」

と、美人らは一層浮かれる。

孫武は太鼓をたたき、調練をはじめたが、婦人らは腹をかかえてケラケラと笑い出し、一向命令通りにしない。孫武は、

「命令を徹底させ得ず、軍律をはっきりさせることが出来んのは将の罪ですわい」

と、自らを鞭うった後、またくりかえし丁寧に教えてから、太鼓を鳴らして訓練に

かかったが、婦人らは依然として笑いふざけている。孫武は、

「命令が徹底し、軍律がはっきりとわかっているはずであるのに、それが行われんというのは、隊長の罪である」

と言って、左右の隊長を引き出し、鉄鉞をもって首を斬ろうとした。おどかしではない。真剣である。

王は高殿《たかどの》から見ていたが、大いにおどろいて、急使を馳せ下らせ、孫武に伝えた。

「わしはもう将軍が兵法に熟達したことがようわかった。もうやめてくれい。将軍が斬ろうとする二人はわしの最も寵愛しているものじゃ。その二人がいんでは、わしは食事もうもうない。斬るのはやめてほしい」

孫武は冷然、また厳然として、

「拙者はすでに王の命を受けて将軍となったのでござる。将軍たるものが軍にある時は、君命といえども受けてはならないことがござる」

と突っぱね、隊長二人を斬り、二人に次ぐ王の寵姫をもって隊長とし、太鼓を鳴らして訓練にかかった。婦人らは凜乎として恐れ、粛然として声なく、号令によって前進し、後退し、左行し、右行し、起ち、踞《きょ》するのが一糸乱れず、まことに見事であった。孫武は使者を王の許に派し、

「兵はすでに訓練が出来ました。何とぞ下へお出でになってごらんいただきたい。今

やこの女兵らは王の命ぜられるところ、水火の中といえどもためらわず突進するでありましょう」

と報告した。王は寵姫を殺されて怏々《おうおう》たるものがある。女兵なんぞ見たくもない。

「将軍よ、もうよいから、旅館にかえって休息せよ。わしは見たいとは思わない」

と返事した。孫武は返答を申し送る。

「王は拙者の著書だけがお好きで、著者の説を実際に行なうことはお好きでないのでござるか。それではなんの役にも立ちませぬぞ」

ここにおいて、闔廬は孫武の用うべきを知り、ついに大将軍に任用し、西は強楚を破り、北は斉・晋などという強国を制圧したというのである。

軍律の厳正の効果はかくのごときものがある。氏郷が常に、軍紀の厳正に心を用いたというのは、前にも書いた通り、直接には織田信長に学んだのであろうが、彼は少年の時学問が好きで、儒学・仏道・和歌ともに身を入れて学び、あまりにそれに深入りしたことを後悔している彼の手紙がのこっているほどであるから、ひょっとすると、史記の列伝を読んで、このくだりで感悟したこともあるのかも知れない。

十二

さて、いよいよ小田原へついて、攻城にかかった時のこととして氏郷記にはこんな話が出ている。

ある夜、北条方から寄手の陣所へ夜襲をかけて来たので、寄手の陣所は大さわぎになり、人々皆懸命に防戦した。この時、氏郷ははね起きるや、具足も着ず、槍をひっさげてすばやく敵の後方にまわり、さんざんに突立てた。

敵は味方の働きにより、退却にかかったが、氏郷が立ちふさがって突立てるので、退きかね、横にそれて堀に飛びこむ者が多く、それを目がけて突き、首をとった味方の者も多かった。

このことが秀吉の本陣に聞こえると、

「飛騨（氏郷）が働きはいつものことじゃが、こんどの夜討に敵のうしろへまわり、ただ一人をもって敵の退路を断って首あまた上げたこと、当意即妙の機転、古今まれの働きである」

と、ほめたという。

小田原の落城は、七月六日であった。秀吉は兵をひきいて奥州に入り会津まで行って大いに奥州人に兵威を示し、会津で奥羽地方の土地の処分をした。すなわち、陸前名生《めふ》城の大崎氏、同登米《とよま》の葛西氏等を断絶にして所領を没収し、あとを木村伊勢守吉清父子にあたえたが、その際、会津に氏郷を転封することにした。

この時のこととして、こんな話が伝わっている。秀吉は諸将を集め、

「会津は東北の要鎮である。よほどにすぐれた者を置かねばならぬ。誰を置いたらよいか、その方共遠慮なく意見を書いてみよ」

と、入札させてみたところ、細川忠興しかるべしと書いたものが十中九までであった。秀吉は笑って、

「わいらの知恵の底が見えるわ。おれが天下を取ったわけよ。ここには蒲生忠三郎の外にはおくべき者はないわ」

と言って、氏郷にきめたという話。

一説には、秀吉が徳川家康にむかって、

「誰がよいと思わっしゃるか、一つおたがいが見せ合うてみましょう」

といって、たがいに書いて交換してみると、秀吉の札には、「一番堀久太郎、二番蒲生」とあり、家康のには「一番蒲生、二番堀」とあったという。

この任命を受けたあと、氏郷が会津城の広間の柱により、涙ぐんでいる様子なので、山崎右近という者が側により、

「大封を受けられ、感涙にむせばること、ごもっともに存ずる」

というと、氏郷は小声で、

「さようにてはなし、小身なりとも都近くいたらば、天下に望みを掛けることも出来るが、なにほど大身になったとて、片田舎人となってはいたし方はない。われらはすたりものになったと思い、不覚の涙をもよおしたのである」

といったという有名な話がある。

松坂は十二万石だが、会津は蒲生氏郷記によると七十万石とあり、蒲生軍記には四十二万石とある。いずれにしても飛躍的な増封だ。しかし、氏郷が会津転封をよろこばなかったことは事実のようだ。先日、秋田の横手市の読者石田吉四郎氏から、所蔵の氏郷の筆蹟を写真にしておくっていただいたが、それは、

廟古悲風　落暉《らっき》に対す
白楊　蕭索《しょうさく》　葉初めて飛ぶ
山川顧望す前封の地
涙下《くだ》る関東の一布衣《ほい》

という七言絶句であった。「山川顧望す前封の地、涙下る関東の一布衣」というと

ころ、氏郷が「田舎者になりさがって、もはや天下に望みを抱くことは出来なくなった」と悲嘆している気持がよく出ている。

こういうことから、氏郷を会津に封じたのは、秀吉が氏郷を敬遠したのだという説が昔からある。

それもあったかも知れない。氏郷は小身であるが、年若くして大器である。故信長の女聟でもある。秀吉が気がゆるせなかったのも無理はない。しかし、秀吉としてはすぐれた人物を会津におく必要があった。伊達政宗という人物が油断もすきもならない上に、奥州は新付の地だ。うっかりすると肥後のように一揆さわぎなどおこるかも知れない。何よりも、難物は徳川家康だ。秀吉は武力をもっては家康に勝っていないのだ。小牧・長久手の合戦は家康六分、秀吉四分の戦績であったことは前にも述べた。しかもその財力、その武力は諸大名中ずばぬけている。油断のならないことは言うまでもない。こんな人物を東海道筋の要地におくことは危険千万だ。そこで、家康には小田原が落ちるとすぐ、

「関八州をおことに進ぜる」

と言って、関東に国がえさせたばかりか、東海道筋の要地には数珠をつらねたように腹心の大名らを封じた。甲斐もまたそうだ。取立ての大名加藤光康をおいた。家康を関東に封じこめるためだ。氏郷を会津にすえたのも、この家康封じこめの一環であ

ったのだ。氏郷もその覚悟があって、ある時、
「徳川殿が万一殿下に謀叛を起こして京へ上《のぼ》ろうとされても、おれが尻にくらいつい
て、一寸も動かしはせぬ」と言ったという話がある。
もし秀吉と家康がたがいに適任者と思う人物の名を書いて見せ合ったというのが事
実なら、家康は自分の監視人をえらんだわけになるが、そこは家康のことだ、当分は
雌伏が第一、秀吉が死にさえすれば、監視人の心などどうとでもなるわいと料簡して、
最も適任と信ずる者の名を書いたのであろう。

十三

秀吉は氏郷に会津転封を命じた時、葛西・大崎の地に封じた木村伊勢守吉清父子に
むかって、
「その方共は飛驒を親とも主とも思ってつかえよ。飛驒が許には時々ごきげん伺いに
参覲《さんきん》せよ。しかし、おれが許へは当分まいらんでもよい」
と言い、氏郷には、
「その方は伊勢父子を子とも弟とも思っていたわりくれるよう。伊勢は小身者である
故、地侍共が侮って一揆などをおこすこともあろうが、その時はその方は伊勢を先手《さきて》

として、伊勢父子の勢を引きつれて切り平げるよう。くれぐれも父子のものを見捨てぬよう」

と、申渡したと、蒲生氏郷記は伝えている。氏郷はこの時秀吉に、

「大任をうけたまわりましたにつき、武勇すぐれた武士共を多数召しかかえたく存じます。ついては、これまで殿下の敵方の者であったり、諸大名の怒りに触れたりして、奉公を構われている者共を召抱えることおゆるしいただきとうございます」

と願い出た。

奉公構いとは、召抱えることを禁止することである。秀吉から構われれば、秀吉の勢力圏内にある大名らが皆召抱えないこともちろんだが、大名でもそれは出来た。他の大名らに、「何々と申す者はお召抱え下さらぬよう」と通告すれば、そこはおたがいのことで、誰も召抱えない。きかずに召抱えれば大名同士の喧嘩になるのである。塙団右衛門や後藤又兵衛が旧主の加藤嘉明《よしあきら》や黒田長政に奉公を構われ、どこの大名も召抱えてくれず、ついに大坂に入城して悲壮な戦いをして死んだのは、このためだ。太閤の遺徳を慕い、徳川家の狡猾強欲《こうかつごうよく》をいきどおってのことでないことは説明するまでもない。行き場がないから、事成らば大々名になろう、事成らずば最も男らしい最期を遂げるまでとの大ばくちの心だったのである。

それはともあれ、秀吉は氏郷の請《こい》をゆるした。そこで氏郷は、さっそくうんと多数

の勇士らを召抱えた。

この時のことであろう。名将言行録にこんな話が出ている。氏郷は、

「おれが自分で知行割をしよう」

と言って、配分したが、皆にあまり高禄をやることにしたので、氏郷の直轄領はほんの少ししかなくなった。老臣らは、

「これでは殿のご収入がなく、ご軍役もつとまりますまい」

と諫《いさ》めた。氏郷は無念げに、

「おれには今の高では足りぬわ。いたし方ない、その方どもくばりなおしてくれい」

と言った。

このことを聞いて、家臣らは氏郷の心を一しおありがたく思ったという。

この話は美談として見れば、あまりにもひどい無計算ぶりで、信じかねるのであるが、次ぎのようにも考えられる。この時代の大名は平和な時代の大名とは違う。知行高に比例して軍役があるのだから、高禄の優秀な家来のいることはそれだけ多数の優秀な兵員を持つことになる。戦争がひんぱんにある時代だから、大功績を立て、従って領地をうんとふやすことが出来る。つまり、好景気時代に優秀な大生産工場を持っているようなものである。氏郷はそこを考えたのであって、強いて美談にして、家臣を過当に優遇しようとしたと解釈することはあるまい。

氏郷が会津転封を命ぜられたのは氏郷記では八月十五日、蒲生軍記では八月十七日となっているが、氏郷は九月中旬頃にはもう松坂を引きはらって会津に移っているようである。記録したものがないのだからはっきりとはわからないのだが、これからあとにおこる事件から推して、こう見当をつけて先ず間違いはなかろうと思う。だとすれば、大体一月の間に会津から伊勢にかえっていろいろなとり片づけをしてまた会津へ引返したのだから、そのいそがしさは目のまわるようであったろう。

ところで、氏郷がくれぐれも頼まれた木村伊勢守父子だ。父を吉清といい、子を清久といった。元来吉清は明智光秀の家臣で明智ほろんだ後秀吉につかえたのだが、五千石もらっていた。新たにもらった葛西、大崎の地はほぼ三十万石ある。これもまた大出世をしたわけだ。

氏郷の一生の大難は、この木村父子からおこった。氏郷が会津に入部《にゅうぶ》して一月少し経《た》った頃、この父子の領地内から一揆がおこったのである。

原因は単一でない。

第一は、葛西家と大崎家が取潰《とりつぶ》しになったので、その遺臣らが浪人となっていることだ。当時の奥州あたりの武士だから浪人したといっても、食うにさしつかえるわけではない。これまでの知行地は大体において先祖から持ち伝えた自家の領地であったろうから、その地主ということになればいいわけだからだ。ただこれまでは知行主だったから納税の義務はなかったが、こんどは単に地主だから新領主に納税しなければならないわけだ。また武士でなくなったのだから、木村家の家来には常に一格も二格も下のものとして応対しなければならない。なぜなら、浪人は厳格には武士ではないのだ。前に武士であり、将来にまた武士になるかも知れないところから、その間を武士としての服装をして、武士としてふるまうことを仮に許されているものにすぎないのである。以上いずれも、帰農者にとってはおもしろくないことであったに相違ない。

第二は、検地だ。秀吉は会津を引き上げる時、浅野長政・石田三成らに奥州の検地を命じた。検地は正確な生産高をつきとめるために行なうもので、政治家としてはやらなければならないものだが、いつの時代でもこれくらい百姓にきらわれるものはない。隠し田がなくなって、租税額がふえるからだ。検地は急テンポで行なわれて済《す》み、浅野らは引き上げたのだが、彼らが土地を離れるとすぐ一揆が起こったから、その禍は木村父子がこうむることになった。

第三は、木村父子の政治ぶりの悪さだ。

木村伊勢守は五千石の身代から三十万石の身代になったのだ。大はばに家来をふやさねばならないので、大急ぎで数をととのえた。これについては、伊達政宗の一族で家臣であった伊達成実の日記が最も要領を得て語っている。

「伊勢守が大名になったので、上方大名の家来共の中で欲深い者共は、伊勢守の家中になれば高知をもらえるというので、主人に暇をもらったり、逃げ出したりして、伊勢守に仕えた。伊勢守は登米《とよま》の城に、子息の清久は古川の城にいることにし、その他の支城《えだじろ》はこれまでの小者の五人か十人くらいしか召抱えていなかったような連中を重臣じゃ老臣じゃということにしてあずけた。ところがその者共もにわか重臣、にわか家老なので士分の家来などはない。中間や小者を武士にしたので、言語道断なことになった。もとは葛西家や大崎家の士《さむらい》で帰農している者のところへ押込んでは米穀をうばったり、百姓の男女をかすめて来て下女・下人としたり、葛西家や大崎家で歴々の身分であった人の娘をうばって妻にしたり、沙汰のかぎりないたしようであった云々」

　木村父子の家来共が、持ちつけない権力をもって心おごり、無闇に威張りちらし、無闇に乱暴したことがよくわかるのである。

　とにかく一揆がおこった。はじめは出羽の国からおこり、それも百姓だけのものであったが、忽ちこれが陸奥に移り、木村父子の所領内が最もさかんになった。そのはずである。新領主木村家の政治ぶりに不平を抱いていた葛西家や大崎家の被官や旧臣らがその中心になったのだ。旧軍人の一揆だ。戦争なれしている。にわか大名の木村家のかき集め家中など敵《かの》うものではない。忽ち圧迫されて、木村父子は佐沼《さぬま》城に居すくみになり、十重二十重に包囲される有様となった。佐沼は今の登米《とめ》郡迫《はざま》町佐沼だ。

岩手県境に近い地点である。

報らせは会津にとどいた。氏郷は米沢の伊達政宗にも出陣を命じておいて出陣したが、その政宗が、この一揆の背後にいて糸を引いていたと、当時も信ぜられていたし、今日でもそう疑われている。

政宗は秀吉に降伏し、秀吉の領地処分に心の底から承服しているらしくよそおっていたが、本当は、不平満々であった。

十四

一体、伊達家は東北の名家ではあるが、本来はそう大身の大名ではない。政宗が父の輝宗から相続した時の領地は、米沢を中心にしてその付近と磐代《いわしろ》の伊達郡くらいしかなかった。政宗の代になって、安達郡をとり、会津の蘆名氏をほろぼして、会津を中心とする付近一帯から今の宮城県の大部分を手におさめて、東北第一の身代になり、会津に居城をうつしたのだ。しかし、政宗の野心からいえば、これは序の口にすぎない。この次には南して常陸の佐竹の地をうばうか、北して葛西・大崎の地をうばい、やがては秋田・山形方面にも進出し、関東から奥羽にかけた土地は全部手中に収めたいと心組んでいたのだ。

ところが、秀吉というひょうきんものが西日本を全部手中におさめ、関東にまで出張って来て、さしも栄えた小田原北条氏の降伏も間がないという見きわめがついたところに、奥州地方の大名らが先きを争ってごきげん伺いに小田原城に伺候して、本領安堵を許してもらっている。

「どうにもしようがない。おれも行くべ。大分おくれたから、ごきげんは悪かろうが、そこはなんとかごまかしてこまそうず」

という次第で、小田原に出かけて、降伏を申込んだのだ。

秀吉は、この横着者め、油断のならないやつとは思ったが、何しろ天下統一をいそいでいる。降伏を受入れた。しかし、

「その方が蘆名家から切取った土地は皆とり上げる。さよう心得い」

と申渡した。

政宗としては致し方がない。

「なにごともお心のままでござる」

と神妙に答えて、会津領は全部さし出して、以前の居城である米沢に退いたが、残念無念は胸の底に煮えたぎっている。

「数年苦心の末、やっとここまで漕ぎつけたのに、もとの木阿弥とはひどすぎるではないか。そりゃ安達郡だけは父祖の代よりふえているが、家督をついで以来の艱難辛

苦の代償としては軽少にすぎる。今に見ろ」

と虎視眈々《こしたんたん》としているところに、こんどの一揆さわぎだ。

「好機到来じゃ。奥羽の地は、地位をうばわれ、領地を失って、不平満々のもので充満している。火薬庫のようなものじゃ。これを利用せん法はない」

と、ひそかに物資まで支給して一揆方を煽動した。

このことを、改正三河後風土記はこう叙述している。

「この数年前、秀吉が九州を平定した後、肥後を佐々成政にあたえたが、間もなく一揆がおこった。佐々は大いに働いてこれを鎮定したが、秀吉は佐々の政治の拙劣さからこのさわぎがおこったのだとの名目で、佐々を切腹させた。せっかく自分の働きで切取った領地を切りちぢめられて不平満々でいた政宗は、この先例によって、一揆が起これば新領主は切腹改易になる。つまり領主のかわる度に一揆をおこせば、ついには秀吉は奥州をもてあまし、奥州の領主は伊達にかぎると、全部自分に返還することは必定であると計算を立て、所々の郷民らにひそかに貨財を支給して煽動した」

これでは、一揆は政宗の煽動によっておこったことになるが、実際はここに書いた通り、一揆がおこったからこの計算を立てたのであろう。

氏郷は政宗の臭《くさ》いことを感づいていて、会津城の留守部隊や、伊達領に近い城々の守備隊は武功の士をえらんで編成し、十一月五日、会津を出陣した。軍勢三千余。

この年――天正十八年の十一月五日は、今の暦では十二月一日にあたるが、数日前からの大雪であった。蒲生家の武士らは暖国の伊勢から会津へ来てまだ五十日経つや経たずだ、会津あたりで大雪というくらいだから、生まれてはじめてみるほどの大雪であったろう。皆、意気上らなかったに相違ない。

そのためであろう、蒲生軍記によると、氏郷は「諸勢の見せしめとや思はれけん、直膚《すはだ》に鎧ばかりを着せらる、その勢ゆゆしくぞ見えけり」とある。軍勢の気力をはげますために、いつの合戦にも彼が先陣に立って槍をふるったことは、これまで度々述べたが、この時は具足下《ぐそくした》なしの素肌にじかに具足をつけて出陣したというのだ。

山路にかかると、馬の通行が出来ないので、多勢をもって雪をはらわせ、非常に深いところは筵《むしろ》をしいて行軍したと氏郷記にある。

その夜は、猪苗代に泊まった。猪苗代城には氏郷の老臣町野左近繁仍《しげより》が城代となっているのだ。

町野は氏郷を諫めた。

「この寒天にご出陣されても、人馬がつかれて、勝利を得たもうことはむずかしいでございましょう。年明けて春暖となるを待ってのご出馬こそしかるべしと存じます」

「その方の諫言の次第もっともであるが、会津をおれに賜わる際の殿下のおことばを思い出してくれい。木村父子を子と思えと仰せおかれたのだ。じゃのに手のびして木村を討たせてしまうようなことがあっては、おれは天下に顔向けがならぬことになる」

言われて、町野も、

「いかさまごもっともでござる」

と言い、自分も供して出陣することにした。

翌日は大雨であったので、阿子《あこ》ガ島――郡山から出る磐越西線が猪苗代湖東側の山麓にかかるところに、今安子《あこ》ガ島駅があるが、このへんであろう、そこにその夜は泊まり、翌七日に二本松についた。ここは伊達領である。

十五

政宗は氏郷の催促に応じたくはなかったろうが、かねての秀吉の命令もある。米沢を出発、途中集まってくる軍勢で一万余の大軍となって、信夫《しのぶ》郡の鎌田（今福島市のうち）、本折（木折の誤写であろう。鎌田北方六キロに桑折《こおり》あり）、杉ノ目（福島市の南郊に杉妻《すぎのめ》あり）のあたりに陣したと氏郷記にあり、また氏郷はその政宗勢と「入り組みて陣をとった」ともある。

思うに氏郷のひきいて来た勢が、二本松を出発して北行してこのへんまで来た頃、政宗は出て来、氏郷勢の陣所の間々に陣どったのであろうか。一万余の軍勢をもって三千余の氏郷勢にたいしてこんな風にしたのだから、普通の気持であろうはずはない。こうして氏郷勢を不安に陥らせ進発をおくらせ、その間に益々一揆の勢いをさかんにならしめ、ついに木村父子を討取らせてしまおうという計算であったろう。

「さてこそ」

と、氏郷も肝に感ずるものがあったろうが、おちつきはらっていた。一体、秀吉のかねてのさしずでは、万一事がおこった時には、政宗を先手として征伐せよということになっているのであるが、その政宗がやれ持病がさしおこったのなんのと言い立てて一向出発しない。またそこら一帯は伊達家の所領内なのだが、蒲生勢にたいしては百姓らが宿を貸さず、むしろも売ってくれず、炊事をしようにも鍋釜を貸さず、薪も売ろうとしない。どうやら伊達家から百姓どもに厳命しているらしいのだ。慣れない寒気と大雪に苦しんでいる蒲生勢だ、難渋をきわめたと、蒲生軍記、改正三河後風土記共に書いている。

氏郷は二本松にまだいて、さわぐ色もなかったが、先発隊から蒲生四郎兵衛と玉井数馬をつかわして、

「伊達家の様体しかじかで、まことにいぶかしゅうござるので、兵共の憤激一方でありません。喧嘩口論などいたさぬようにずいぶんきびしく申付けています。政宗むほ

んの形跡は歴然たるものありと、人々もっぱら申しています。ご用心のため、しばらくそれへいらせられて、二、三日も逗留あって、彼がていをごらんあってしかる後に、ご進発あるべきがよろしいと存じます」

と進言して来た。

氏郷はふきげんになって、

「おろかなことを申すな。政宗に逆心の様子ありとは、会津出発のみぎりより覚悟して来たことではないか。逆心の色を立てば立てよ、その場において一戦をとげて勝負を決せんと思い定めて出て来たことは、その方共よく承知しているはずだ。今さら何を臆病を申す。政宗の心はともあれかくもあれ、明日未明に打立ち、政宗勢に先き立って進発するぞ。政宗にもあれ、誰にもあれ、道をふさぎさえぎる者あらば、ただ一戦に蹴散らして通るまで」

と言い放って、進発の用意をととのえさせた。

その夜の夜なかから雨が降り出し、篠つくばかりの豪雨になったが、氏郷は少しも屈せず、予定の通り払暁に二本松を出発、今の福島市の大森まで行った。その勢い政宗がぐずぐずしているなら、先きに立って行きそうだ。

政宗は氏郷より後陣になるようなことがあっては、秀吉のかねての命令にそむくことになる。夜を日についで武者おしして進むよりほかはない。氏郷はそのすぐうしろから、まるで追い立て、おし立てるようにして進んだ。

ついに十一月十七日に、今の仙台市の北方四、五里の黒川まで行った。黒川という地名は今は郡名だけにのこっているが、この時代は一ノ関・二ノ関・三ノ関・志戸田・舞野・下草あたり一帯の地名でもあったらしいのである。ここはもう大崎領の境だ。

「明日早天より敵地へ働く。皆々その用意せよ」

と、氏郷は全軍に触れ出し、政宗にも通告した。

政宗は氏郷の陣所に、合戦の手筈を打合わせるためと称してやって来た。「初めての参会なり」と氏郷記にあるが、この出陣以後はじめての面会という意味であるか、初対面という意味であるか、よくわからない。しかし、後者ではないかと思う。

氏郷はたずねる。

「わしは遠国者である故、葛西・大崎のことは無案内でござる。一揆方の城は何カ所ござるか。また、ここから伊勢守らの籠城している佐沼城までは何里ござるか」

政宗は答えた。

「佐沼までは田舎道百四十里ばかりござるが、そこまでまいる間に一揆方の高清水《たかしみず》という城がござる。それは佐沼のこちら三十里ばかりの地点にござる。そのほかには一揆方の城は一城もござらぬ」

ここの田舎道というのは関東里の意味で、それは六町をもって一里とするのだ。だから、百四十里は普通里では二十三、四里、九十二、三キロ、三十里は五里、二十キロ強だ。しかし、政宗のことばにはずいぶん掛値がある。黒川から佐沼までは五十五、六キロしかないのである。氏郷の英気をくじくために遠く言ったのであろう。一揆方の城が高清水以外にはないというのもいつわりだ。油断させ不利におちいらせるためであろう。

氏郷は少しも屈託の色を見せない。言下に、

「しからば、明日早天より大崎領へ打って出て、道筋の民家に火を放ちつつひたおしに高清水へおしよせ、蹴散らし捨て、佐沼表へ行き向い、木村父子と城の内外より一揆共を攻めつぶし申そう」

と言い、戦術を指示した。

「われらは本街道筋を参るにより、ご辺は右手の道より押入り、在々を放火しつつ進まれよ」

翌十八日、蒲生・伊達の両勢は打合わせにしたがって大崎領内に侵入した。黒川の北方十五キロに鹿間（宛字なり。四竈《しかま》）があり、その北方三キロに中新田《なかにいだ》があり、いずれも城があって一揆勢がこもっていたが、氏郷勢の猛烈な進撃の勢いを見て、戦わずして退散した。氏郷はその夜中新田に宿営した。政宗はそこから七、八町東の古城

址に宿営した。

　中新田から高清水までは四十キロあるというので、氏郷は政宗に、

「明日は一番鶏《どり》の鳴くを合図に出発いたそう。そして、午《ひる》以前に高清水に到着いたさば、早速に攻めかかり申そうし、夕景に到着いたしたらば、明夜は心静かに宿陣し、明後早天より攻めかかり申そう」

　と通告し、自分の軍へも触れた。

「委細承知つかまつった」

　と、政宗からはっきりした返答があったのだが、その夜なか、使者をつかわして、

「持病にわかに再発いたしたにより、明日の合戦ご延期ありたい」

　と申し越した。

　しぶといやつめ、と氏郷は思ったに相違ないが、きげんよく、

「ご病気のよし、まことに気の毒に存ずる。お働きかなわぬとはごもっとも千万。さりながら延期は出来申さぬにより、われらは予定の通り打立ち申すべし。ご辺はご養生大切になされ、もしご気色よくおなりなされたら、あとよりお出であるよう。少しもご心配にはおよばぬことでござる」

　と答えてかえし、陣中へは、

「しかじかで伊達は明日の働きかなわぬ故、われらが勢が先きに立って行かねばなら

ぬ。土地不案内のところを案内者なしにまいることであれば、暗くてはかなわぬ。一番鶏を合図に打立つと触れたが、大事をとってほのぼの明けより出発することにいたす。寅の刻（午前四時頃）に支度して、夜の明くるのを待つよう」

と触れた。

翌日、触れた通りのほのぼの明けに出発する。隊を七隊に分ち、最後の三隊は厳重に後を守らせて、政宗の不意打ちにそなえ、押太鼓で、エイエイオウと掛声勇ましく進んだ。

中新田から七、八キロ東北に進んだあたりが、現在は古川市内だというが、そこに名生《めふ》城という城があり、ここにも一揆勢がこもっていた。それを蒲生勢はまるで知らなかったのだが、いきなりそこから鉄砲を打ちかけて来た。

十六

いきなり鉄砲をうちかけられて、先陣に立っていた蒲生源左衛門・同忠右衛門・同四郎兵衛・町野左近の四人は、あっとおどろいたが、

「生意気な！」

と、弓・鉄砲を打ちかけさせ打ちかけさせ、自ら槍・薙刀をとって士卒の真先きに

立って攻めつけ、二、三の丸まで乗取った。

後陣にあった氏郷も、おびただしく聞こえて来た銃声と雄叫びに、物見のものを出した。先陣から報告も来た。

氏郷は後備え三隊に、

「すきあらば、後ろから来る敵があるぞ。油断なく備えよ」

とさらにきびしく備えさせておいて、自ら本隊をひきいて名生城の攻撃に加わった。思うところがあるから、息をもつがせず、猛攻また猛攻したが、城も堅固であれば籠っている一揆勢も、大崎家や葛西家のさかんな時代にはそれぞれ一城をあずかってい た者や高知とりのよい武者が多い、なかなか強い。蒲生方にも名ある勇士で戦死する者が多かった。しかし、城に放火しついに攻落した。蒲生勢が討取った首数《くびかず》が六百八十余もあったというから、大激戦であったのだ。また城方が勇敢頑強に戦ったことがわかる。

この名生城攻めの時のこととして、名古屋山三郎の高名談が、蒲生軍記に出ている。名古屋山三郎は、後に氏郷の死後、蒲生家を浪人して京に上《のぼ》り、何代目かの出雲ノ阿《お》国《くに》と夫婦になり、阿国が出雲から持って出て来た念仏踊りを滑稽、写実、好色等の味をもったものに改編して、歌舞伎おどりと名づけて一世の流行となり、これが次第に変遷発達して、今日の歌舞伎芝居になったといわれ、日本芸能史上忘れることの出来ない人物である。

山三郎は尾張名古屋の地侍《じざむらい》の家の出で、蒲生家に仕え、氏郷の児小姓《ちごこしょう》で、この時十五歳であった。豊臣秀次の児小姓であった不破伴作、大崎家の浅香庄三郎とともに天下三美少年といわれたほどの美少年であった。この時、白綾に紅の裏をつけた具足《ぐそく》下《した》に色々《いろいろ》おどしの具足を着、猩々《しょうじょう》緋《ひ》の陣羽織、小梨打《こなしうち》のかぶといういで立ちで、手槍をとって「城中に駆け入り、一番に槍を合はせ、大勢の敵を東西へ颯《さっ》と追ひ散らし、よき首一つ討取り、比類なき働きして、名をあげたり」とある。

何せ花も恥じろう美少年がこれほどの働きをしたのだ。男色趣味の横溢している時代のこと、

槍仕《やりし》槍仕は多けれど
名古屋山三《さんざ》は一の槍

と、一世を風靡《ふうび》するはやり唄になったという。

また、こうも書いてある。一体名古屋山三郎の家は代々振袖を着ている間に高名を一つ立てて袖をふさぐ（留袖にすること）のを故例としていたので、山三郎もこの時に袖をふさいだと。袖をふさぐとは、元服して男になることを意味するのだ。

山三郎は蒲生家を浪人してから京に上《のぼ》って伊達者《だてしゃ》として生活し、その間に出雲ノ阿国と夫婦になったのだが、ずいぶん女のことでは浮名を流し、淀殿とも関係があって、秀頼は実は山三郎の子であるという流説まであるくらいに身を持ちくずした人だが、単なる軟派の不良青年ではなく、武勇にもたけていたのである。

一体この名生城に優秀な一揆がこもっていたことを、政宗が氏郷に露ばかりも教えなかったことについて、蒲生家側に立って書いたものは、氏郷記にも軍記にも、これは政宗の計略であったと書いている。

「氏郷はきっと名生城を攻めあぐむに相違ない、攻めあぐんでいるうちに、岩手沢（後の岩出山）・宮沢・古河・松山の四カ所の城から一揆勢が一斉に打って出てここにおしよせる、政宗も背後からおしつつんで打ってかかる、氏郷が鬼神の勇があっても、どうすることも出来はしないと計画し、一揆勢ともそれぞれしめし合わせていたのだが、氏郷がこの計画を看破して、無二無三に攻めおとしてしまったし、後備えを厳重に立てておいたので、四方の一揆勢は途中まで来て四散し、政宗また後ろから襲うことは出来なかった」

と書いてあるのである。

果して政宗にそれほど腹黒い計略があったかどうか、伊達家側では否定しきっているが、氏郷が疑惑していたのは事実であり、そういう疑惑を彼が抱かざるを得ないような事実がいくらも政宗側にあったことは事実である。伊達家側は偶然が重なり合ったのだというが、偶然にしてもそれが重なり合っておこれば疑惑されてもしかたのないことであろう。

氏郷は名生城に入った。火を放ったといっても、大部分は焼けのこったのであろう。士卒の末に至るまで居場所には苦しんではいないようであるから。

政宗は氏郷の許に使者をつかわし、

「名生城を攻められるのでありましたなら、拙者にも一方の攻め口を仰せつけていただきたくござった。殿下への聞こえもいかがと存ずる」

と、苦情を言ったと、軍記は伝える。ぼくは政宗は一揆と通謀していたと信じているから、この政宗の苦情の横着さがいかにも政宗らしいと思われるのである。

「この城に敵がこもっていることは拙者は知らなんだのでござるが、先手《さきて》の者共があっという間もなく攻め破ってしまい、貴殿に申し通ずる間がござらなんだ」

と、氏郷はさりげなく――実は最も皮肉をこめてだが、返答し、

「この向うに宮沢と申す城があって、一揆勢多数こもっています由、これを貴殿が攻め落されなば、京《みやこ》への申訳は立つと存ずる。早々に攻めおとし召されよ」

と命じた。

政宗は宮沢へ向ったが、一揆方との内々の申合わせがあるので、形ばかりすさまじ

く鉄砲を打ちかけ、一向実《み》のある攻め方はしなかったと、蒲生側の記録は言っている。

氏郷は近々に高清水《たかしみず》城に押寄せようと、重臣と相談をしていると、ある夜中、山戸田八兵衛・手越宗兵衛という伊達家の士《さむらい》が蒲生源左衛門の許に来て、政宗の陰謀の証拠となるべき政宗の手紙を差出して、

「拙者共は政宗の近習の者でござるが、恨みをふくむべき子細あって注進申すのでございます」

という。源左衛門はすぐ氏郷に告げた。

氏郷は大いによろこんだ。実はこの直前、やはり、伊達家の家来である須田伯耆《ほうき》という者が、やはり源左衛門の陣所に来て、

「こんどの一揆は政宗の煽動でおこったのでござる。去る十七日黒川でのご参会の節に飛騨守様を討奉るべき陰謀があり、こんどの名生城攻めにもしかじかの陰謀があったのでござるが、飛騨守様のお働きがあまりに素早くござったので、諸方手違いになったのでござる。今政宗は宮沢城を攻めています。大体この城は手強く攻めれば即時に落つべき城でござるを、なかなか落ちぬは、一揆と申合わせがある故、形ばかりの攻め方して、実のある攻め方をせぬからのことでござる。やがてごらんあれ、一揆方は少しずつ逃げ去り、城が空《から》となってから、政宗は乗りこむにちがいありませんから」

と告げたのだ。政宗にたいしては十分の疑惑を抱いている氏郷だ、信用する気になったのだが、はっきりとした証拠がない。

証拠がほしいと思っているところに、政宗が一揆共にあてた手紙まで持って山戸田らが来たのだから、よろこばないはずがない。

氏郷は書類をとりおさめ、三人を保護し、名生城に兵糧をとり入れ、厳重に籠城の支度にかかった。いつどう政宗と一揆共が出て来るかわからないからである。

このことを、伊達家側では、須田家は政宗の父輝宗の代に伯耆入道道空が仕えた新参者で、輝宗の死んだ時、伯耆入道が殉死したが、政宗は殉死しなければならないほど特別な関係もないものを新参者の似合わぬことをすると、大して優遇もしなかったのを常に怨《うら》んでいたのでこういう無根なことを誣告《ぶこく》したのであると言っている。また山戸田と手越のことには触れていない。そのかわり、曽根四郎助という右筆《ゆうひつ》が罪あって伊達家を出奔、蒲生家に仕えた、氏郷が政宗が一揆の者共にあたえた手紙と称して、重大な証拠品としているのは、政宗の書風をよく知っているこの曽根が偽造したものであると言っている。

この問題はあとで大問題に発展して行くのだから、記憶の端にとどめておいてもらいたい。

十七

蒲生軍記には、大へんなことが書いてある。裏切者が出て、自分の陰謀が氏郷に知られたと知った政宗は、いろいろと氏郷のところへ弁解を申送ったが、氏郷は、

「拙者への弁解はいらぬことだ。ただ殿下のおんためを専一におぼし召されよ」

と返答した。

その後も政宗は宮沢城を攻落さないので、氏郷は使者を立て、

「その城お手にあまらば、われらも一方を受持って踏み破り申そう」

といってやった。政宗は、

「やがて攻落し申す」

と答えながらも、一向にはかばかしい戦争もせず日数を費し、ついに城をそのままにして、十二月二日、引き上げることにした。氏郷は聞いて大いに怒り、

「おれを踏みつけにして退陣するのか。ここを通らば、いかで心やすく通そう。その用意せよ」

と、三百騎の兵をすぐり出し、持槍一本ずつ抜身のまま持たせ、見送るていに見せかけて、討取ることにしたところ、政宗もさるもの、脇道を通って引き上げてしまっ

た。

　政宗は途中の飯坂城にとどまった。そこから会津に打入ろうと思ったのだ。しかし、氏郷が早速に駆けつけるであろうと考えたので、踏切れないでいた。

　氏郷は氏郷で、佐沼へ前進して一揆共を踏みつぶし、木村父子を救い出すことは易いことだが、政宗の動きを注意して進まない。

「この乱れの大本《おおもと》は政宗だ。これを踏みつぶせば一揆共はおのずから退散する道理」

と、名生城からはるかに飯坂の政宗の動きをにらんでいたと、こう記述してある。

　おもしろいが、ここは氏郷記の方が正しいようである。氏郷記には、氏郷は須田伯耆ら政宗家中の内通者らの密訴を聞いて、

「さらば、しばらく政宗の出ようを見よう」

　と、名生城にとどまっていると、木村伊勢守から飛脚が到着した。

「このほど一揆共は、氏郷公が大崎表まで出陣し、名生の城を攻落し、やがては当表へ進み来られるであろうから、われらは退散する、その方を攻殺さざること無念なりと罵って、ことごとく退散いたしました」

　という口上。

　氏郷は安心したものの、佐沼城はにわかな籠城のことであり、兵糧もあるまいと思ったので、ここへ引き上げて来いといって、迎えの軍勢をつかわした。一揆勢が退散

したからといって、木村父子は城を出て近在の村へ兵糧徴発になど行けるものではない。危険なのである。

　十一月二十三日、木村父子は名生にやって来た。父子は涙を流し、合掌して、入《にゅう》部《ぶ》以後日数もたたず、しかも寒天にこの迅速な出陣をしてくれたこと、前代未聞のことと、礼を言って、

「この二十日以上雑炊ばかり食べていましたが、もはやあと三日の糧《かて》をのこすばかりとなりましたので、餓死するも無念、切って出て討死せんと覚悟をきめています時に、ご出陣あって、不思議に命が助かりました。命の親とはそなた様のことでござる。われら父子は、必定、流罪か死罪に仰せつけられるかと存じますが、万々が一助命されましたなら、生涯そなた様の家来となって、草履をとり申すべし」

　と、涙ながらに言った。氏郷は、

「そのおことばは過分でござる。拙者は貴殿への友情によっていたしたのではござらぬ。殿下が会津を拙者にたまわった時のおことばが無にならぬようにいたしたのでござる。もし拙者の駆けつけが間に合わず、貴殿らを死なせたならば、拙者は二度と会津へは帰らず、葛西・大崎の一揆共を全部攻めつぶした上、討死せんと覚悟して、出陣したのでござる。そうなっても、後世の恥辱であるべきに、こうして無事に対面出来たこと、生前の大幸これに過ぎ申さぬ。政宗は逆心と見えますれば、あるいは一揆

共と合体して押寄せることもないとはかぎらぬ。その節は貴殿らとともに花々しく戦い、同じ枕に討死つかまつろう」

と答えた。

氏郷は政宗に使を立て、

「何とてその城を早々に攻落されぬぞ。攻めあぐみなさっているのであれば、一方の攻口《せめぐち》をわれらに渡されよ。即刻攻落し申そう」

と言いおくったところ、政宗は、

「早や落去間際でござる」

というばかりで、格別きびしく攻めもせず、かえって須田伯耆のことを弁解する。

「須田伯耆がご陣に駆入り、拙者逆心の由を申上げた由、迷惑でござる。拙者には露覚えなきことでござる。須田儀はかようかようなもので」

と、さんざんに須田の悪口を言い遣《や》ったのだ。

ついに一揆方の城を攻落さず、引き上げてしまった、とある。

ともあれ、政宗が勝手に引き取り、氏郷が名生城に居続けたことは事実だ。政宗に言わせるなら、自分が名生城近くにいては、双方の士卒らが激情的になっているから、どんなはずみで大事になるかわからないと思われて、引き上げたのであるというであろう。

秀吉の命による奥州・出羽地方の検地係の一人であった浅野長政は、この地方の検地をすますと、関東・甲斐・信濃の検地にかかり、これもおわって、東海道を経て帰京すべく駿府まで行った時、奥羽一揆の報を聞いて、すぐ引返しにかかった。江戸で徳川家康に話をすると、家康は次男の結城秀康と榊原康政に軍勢を授けて出陣させる。その軍勢は浅野が二本松につくとすぐ二本松に到着した。

政宗はこれを聞くと、小姓二、三人と叔父の重実・片倉小十郎の二人とを召連れて二本松に出頭、いろいろと浅野に弁解した。

浅野はこれを聞いて、

「殿下へのとりなしは心得申した。まかせられよ。必ず疎略にはいたさぬ。それにしても、氏郷を帰陣させねばなりません。貴殿より氏郷に人質を送られよ」

といって、送るべき人質には重実と重臣国分盛重を指名した。

「かしこまりました」

といって政宗は帰陣したが、国分盛重一人しか氏郷のところに送らなかった。政宗の横着・狡猾なところである。もし氏郷が盛重一人を得て、それで帰って来たら、二人という人質を一人得ただけで引き上げたのは、いつ一揆が再起するかと逃げ腰でいたためである、つまりは臆病のいたすところ、と、うわさを流す算段でいたのだ。少なくとも、氏郷はそう見た。

「弾正（浅野長政）殿から申し来たったところでは、伊達重実と国分盛重との二人を質人《しちにん》としてさしこすべきであったに、盛重一人しかよこし召されぬとはいかが、一人にては受取りがたし。早々に二人そろえて送り候え」

といって、盛重を追いかえしてしまった。

しかたがない。政宗は二人そろえて送ってよこした。二人は極月二十八日に名生に到着した。

この年の十二月は大月《たいげつ》だから三十日まである。氏郷は歳暮に急ぐことはないと、元日の祝儀を心のどかに名生城で行なった後、その日伊勢守父子を同道して出発、ことさらに悠々たる旅をつづけて、七日の行程を十一日もかかって、二本松に到着した。

浅野は氏郷を迎え、その手をとって、

「さてさて、こんどの働き、言語に絶えましたぞ」

と感涙を流したという。

この以前、奥羽に一揆がおこり、その裏面に政宗がおり、政宗は一揆と呼応して氏郷を討つべき陰謀をめぐらしているということは、氏郷から京に報告してある。

秀吉は大いに怒って、

「氏郷を討たせてはおれが名にかかわる。早速に陣触れせよ」

と、石田三成を東下させた。三成は徳川家康・佐竹義宣《よしのぶ》等の関東大名に秀吉の命を伝えて出陣させ、正月十日には相馬まで下って来た。そこへ氏郷が無事二本松に引き上げて来たので、三成は帰京した。氏郷も会津に帰った。

閏正月上旬、氏郷は須田伯耆以下の訴人を連れて上洛し、委細のことを秀吉に報告した。

十八

政宗は横着ものであるが、要領はよい男である。かねてから前田利家や徳川家康のような、秀吉が一目おいている大身の大名や、秀吉側近の浅野長政とか富田知信というような連中に、いつも手厚く贈りもの——奥羽産の名馬や鷹など——を贈って、ごきげんをとり結んでいる。この連中から早く上洛して申開きなされた方がよいと手紙をくれた。

政宗は早速上洛の途につく。米沢出発が正月三十日であったという。

会津四家合考と改正三河後風土記によると、政宗は、

「申開きしそこなったら、必定はりつけにかけられるであろう。おれほどの者が普通のはりつけ柱にかかるのはおもしろうない」

と言って、金箔をもってつつんだはりつけ柱を行列の先頭におし立てて道中したの

で、人々はあっとおどろいたとある。豪快なる演出である。こういう豪快なる演出を秀吉が大好きなことを見ぬいて、その気をとろうとしたのである。政宗は豪傑であったには違いないのである。

このような演出、かねて政宗がきげんをとり結んでいる人々のとりなし、その他さまざまなことが功を奏して、政宗の申開きは立って、秀吉は政宗に罪なしと断じたことになっているが、この頃秀吉は朝鮮出兵のことに熱中している。疑いは晴れんでも、

「わかったわかった。そうかそうか」

と、大いにわかったことにして、ほじくり立てなかったのであろう。ほじくり立てて政宗を切腹させては、伊達家の遺臣らがさわぎ立て、奥州はこの前の一揆以上のことになる。朝鮮出兵などいつのことになるかわからない結果になろう。秀吉の性格・機略から見て、この方に可能性が多い。秀吉が朝鮮に出兵させたのは、すべて西国の大名で、東国の大名は出していないのであるが、政宗だけは出兵させられている。五百人出兵せよとの秀吉の命令であったのを、政宗は千余人もひきいて出兵している。

「油断のならぬ目ッかちだ。国もとにおいてはまた何をしでかすかわからぬ」

と考えたのであろう。その心理をはっと飲みこんだ政宗は、

「それなら二倍くり出してやろう。ここでしっかりと殿下のきげんをとり結んでおかんと、あとが危い」

と思ったのではなかったか。

ともかくも、秀吉は政宗が一揆に関係のあることは認めないことにして、政宗に、

「その方一揆共を平げい」

と命じた。政宗は帰国した。こんどはいいかげんなことでお茶をにごすわけには行かない。手痛く攻めつけて平定した。一揆どもこそ政宗のダシにつかわれ、ひどい目にあったわけだ。

氏郷にしてみれば、政宗を誣告《ぶこく》した結果になって、大いに不平であったろうが、そこは秀吉がうまい工合になだめたのであろう。

やがて夏になると、奥州から大至急の注進が、秀吉のもとにとどいた。南部大膳大夫の一族で九戸《くのへ》左近政実という者が同志を糾合して南部氏にそむき、勢いなかなかに強く、南部氏は平定どころかおされ気味なので、徒党のものが日に日にふえつつあるというのだ。

氏郷はこの時まだ京に逗留していたが、

「その方先鋒をつかまつれ。総大将には秀次をつかわす。江戸大納言からも勢を出させる」

と、秀吉から言われ、大至急に馳せ帰り、南部さして出陣した。この戦さにはいくさ目付として浅野長政と石田三成がつき添い、秀次からは堀尾吉晴、家康からは井伊

直政がそれぞれ軍勢をひきいて出陣したので、忽ちのうちに九戸方の城々は落ち、政実は一族とともに殺された。

この戦さにも、氏郷の戦功は無双であった。

秀吉は論功行賞で、奥州大名の土地のくばりなおしをし、氏郷に七郡を加増して、百万石の身代とした。また、政宗から米沢付近、伊達・信夫・安達・田村・刈田の諸郡を没収し、今の宮城県の大部分と岩手県南部とをあたえ、本城を岩手沢に定めさせた。岩手沢は岩出山ともいって、今の仙台から北方十三里の山間の都邑《とゆう》だ。伊達家が本城を仙台にうつしたのはこの時から九年後のことである。

奥州がすっかり平定した後のことであろう、氏郷と政宗のなかがどうもよくないので、秀吉はふたりを仲直りさせるように、前田利家に申しふくめた。

利家は二人を招待し、相客として浅野長政・前田徳善院玄以《げんい》・細川忠興・金森法印・佐竹義宣等の人々を招いた。政宗も氏郷も上下《かみしも》姿で脇差をさしているのだが、政宗の脇差は朱鞘で一尺九寸もあって、ひどく目立った。仲直りの席上とはいえ、どんな結果になるかわからない、もし利家がへんぱなあつかいをしたり、氏郷が無礼なふるまいに出たりしたら、一刀のもとに両断してくれようと、すさまじい心をひめていたのであろう。あるいは、演出やの政宗のことだから、こんな姿を見せたら、かえって平穏にことが運ぶと計算を立てたのかも知れない。

利家はじろりと政宗の脇差を見て、

「伊達殿はだてなおん仕立《したて》」

と言った。政宗は、

「若年ものでござれば」

と言ったという。

ともかくも、この席で仲直りが出来たが、その後別段喧嘩じみたことのあった記録もないが、大いに仲がよくなったという記録もない。

氏郷と政宗とは、大崎の一揆のおこる以前から領分の境目論などで不和であったようだ。こんな話が蒲生軍記に出ている。

安達ガ原は蒲生家の所領であったが、その近くの黒塚は自分の領分であると伊達家では主張し、公訴になった。その時、氏郷が、

「平兼盛の歌に『陸奥《みちのく》の安達の原の黒塚に鬼こもれりと人や見るらん』というがござる。されば黒塚は安達ガ原のうちではござるまいか」

と言ったので、氏郷の勝訴になったというのだ。

十九

氏郷が単に戦陣の雄であっただけでなく、経済眼も卓抜であったことは前に述べたが、やっと戦争さわぎもおさまったこの頃から、会津城の経営と城下町づくりにかかった。

会津城の名は伊達家時代までは黒川城といっていたが、氏郷は名前も若松城と改めた。一名を鶴ガ城というのは、最初にここに城をかまえた蘆名氏以来のことで、氏郷の命名ではない。この城の守護神を亀ノ宮というから、それに対をとって鶴ガ城というのである。

会津城が天下の名城といわれるようになったのは、氏郷が大修築をしたからである。この修築によって最も堅固な城となり、後世明治維新の時、さしも猛烈であった官軍の攻撃も、まるで歯が立たなかった。会津城は陥落したのでなく、開城したのである。

城下町の形成にも、大いに心を用いた。上士町・下士町・町人町とわかって、上士町は郭内に、下士町は郭外に、町人町は城下においた。

会津の繁栄のために、町人町には市日《いちび》をきめて、馬場町は一・八の日、本郷町は二・七の日、三日町は二・三の日、桂林寺町は四・九の日、大町は五・十の日、六日町は六の日ときめて市《いち》をひらかせた。つまり、毎日どこかで市がひらかれているようにしたのだ。当時の商業は大都会では常市《じょういち》とて今日の商店のようにいつも店を出している店も出来ていたが、普通には市日を定めて特定の日しか店を出さなかったのだ。商品の数量も少なく、需要もそうなかったのである。だから、氏郷はこんな工合に交代で市をひらかせることにしたのだが、毎日城下のどこかで市がひらけているとなると、城下が繁栄することは言うまでもない。この商人の中には、江州の日野や伊勢の松坂から移って来た者が相当あったにちがいない。

戦国の大名でも、武力だけがすぐれていればそれでよいといったものではない。経済力もまた卓抜でなければならないことは言うまでもない。氏郷はそれを知っていた。それは信長や秀吉から学んだのであろう。

二十

氏郷は秀吉の朝鮮出兵がはじまると、秀吉の供をして肥前の名護屋に行っていたが、そこで下血の病気をわずらった。今なら結核性の痔瘻《じろう》というところであろう。秀吉に従っている医者らにかかって治療につとめたが、どうもはかばかしくない。

間もなく正親町《おおぎまち》上皇が崩御されて、秀吉が帰京したので、氏郷も随従して帰京したついでに、堺の宗叔《そうしゅく》というのが名医であると聞き、治療を頼むと、こんどは効験いちじるしく、間もなく快癒した。

しかし、秀吉についてまた名護屋に下ると、再発した。宗叔を堺から呼んで治療させたが、こんどはさらに効験がない。秀吉も心配して、侍医らをつかわして診察させた。いずれも、

「難治の症」

という。治療には曲直瀬道三《まなせどうさん》と宗叔があたったが、次第に衰弱がつのり、京都にかえって二月七日、四十を一期《いちご》として没した。

その辞世が、

限りあれば吹かねど花は散るものを
　こころ短き春の山風

というのであったので、古来いろいろな取沙汰が行なわれている。

蒲生軍記には、秀吉が毒殺したのだとある。九戸《くのへ》一揆の時、石田三成がいくさ目付として奥州に下ったことは前述したが、彼は京に帰って、ひそかに秀吉にこう言上した。

「こんど奥州にまかり下って、蒲生の勢《せい》づかいをよくよく見ましたが、その人数廻し、計略、法度の厳整、目をおどろかせました。七日の間、拙者は彼につき添って見ていたのでありますが、いつもその通りでありました。しかも、よき武士を多数召しかかえています。ご油断のならぬ者とひそかに案じています」

秀吉も、氏郷の大器を心中はばかっていたので、ついにひそかに毒を飼ったというのである。

こういう毒殺説は昔から方々にあって、それは全部死者を悼《いた》むこと深い家中におこっている。おしんでもおしみきれないやるせない心がこんな話をこしらえ出しては、せめてもの鬱憤のもらし場にするのであろう。戦国の英雄であるから、秀吉といえどもきれいにばかりはふるまっておられなかったことは、歴史事実が物語っているが、それでも戦国英雄の中では最も明朗闊達の人である。人を毒殺するような陰険なことをしたろうとは思われない。

まして、氏郷の病状、病気の経過、死までのことは、曲直瀬道三の「医学天正記」乾下篇に最も詳細に出ている。この書は道三の診療簿というべきものであるが、氏郷の項には、秀吉がひどく案じて家康や利家に命じ、医者共に治療法を相談させていることまで書いてある。秀吉が毒殺したという説は冤罪《えんざい》であると論断せざるを得ない。

この氏郷の辞世は、単にわが生の無常迅速を嘆いたものとして、十分に意味が通ずるのである。

二十一

氏郷の死後、秀吉は一旦会津百万石を子細なく子の秀行に安堵したが、間もなく蒲生家の家中に家来共の喧嘩がおこったので、百万石をとり上げ、宇都宮十八万石をあたえた。

このことにも、秀吉が悪くいわれている。秀吉が氏郷の未亡人に横恋慕して召そうとしたが、未亡人は受けつけない。蒲生家の家来は、

「ご身上《しんしょう》にかえ給うべきことではござらぬ。お召しに応じさせられてしかるべし」

とすすめた。未亡人は、

「力およばず」

とは言ったが、剃髪して尼になった。秀吉は怒って、この処置をしたのだと、蒲生軍記に書いてある。

秀吉がずいぶん好色でもあり、とりわけ織田信長の血筋の女性には異常なくらい執着をもっていたことは事実なようであるから、氏郷の未亡人にたいしても、恋慕の情がなかったわけではなく、言いよったこともあったかも知れないが、肱《ひじ》鉄砲食ってか

なわぬ恋の意趣ばらしに身代をとり上げたという解釈は、当時の大名のつとめにたいする考察の足りないために生じた誤解だ。

当時の大名は太平無事の時代の大名とは違う。その人物を見込まれて、その地方のかためとして、大封をあてがわれて、その地にいるのだ。その封は、今のことばでいえば能力給である。当人が死んでもあとつぎの者が当人同様の能力があればよいが、なければ、削封《さくふう》されて他のさして重要ならざる土地に移されるのは当然の処置といってよい。秀吉がある大名が死んで、その子の代となると、削封して国がえした例は、蒲生家だけではない。堀久太郎の場合もそうである。加賀の前田家なども、もし秀吉に先き立って利家が死んだなら、同様の処置をまぬかれることは出来なかったであろう。後世太平になってからの大名の跡目相続のように考えてはならないのである。

もっとも、こういう処置は、秀吉がとり立てた大名に限ることは言うまでもない。徳川であるとか、島津であるとかの、外様《とざま》の大名は、当主死亡という場合もなかったが、あってもこの処置はしなかったろう。これらの大名の身代は秀吉の恩恵によるものではない。皆自分の力でかせぎ出したものであるからであり、何よりもへたなことをしては、うるさいことになるから。

氏郷の逸話が、蒲生軍記に出ている。

蒲生家に先祖代々伝わった佐々木四郎高綱の鎧（名将言行録には鐙《あぶみ》とある。この方が

正しいようだ）があった。これを細川忠興が所望した。亘理《わたり》八右衛門という家来が、

「これはご当家の重宝でござれば、他につかわさるることはいかが。似よりのものをもとめて、おつかわしになるがようござる」

と言った。氏郷は、

「『なき名ぞと人には言ひてやみなまし心の問はば何と答へん』という古歌がある。人は知らずとも、わが心がとがめる」

と言って、忠興に贈った。

忠興は所望はしたものの、人の家の重代の宝器を心ないことをしてしまったと後悔して、返却しようと申込んだが、氏郷は、

「すでにさし上げたものでござる。さようなごしんしゃくはいらぬこと」

と言って受取ろうとしない。

氏郷の死後、子秀行に返したという。

氏郷が亘理に言ったことばの中に引用した古歌は、恋歌である。

「無実の評判ですよと人には言って済まされるが、実はわたしの心には覚えのあることなのです」

と、思う人にわが心のうちを通じたのだ。ちょっとずるい恋情の告白法である。いや、あるいはテレているのかも知れない。

こういう古歌を引用したところ、氏郷の歌道の嗜《たしな》みのほどもしのばれて、ゆかしいかぎりである。

歌道といえば、氏郷に中山道を通って京上《きょうのぼ》りする時の彼の紀行文があって、続群書類従におさめてある。蒲生軍記にも収めてある。文章も流麗な和文であるが、中に九首の歌がある。さしてよい歌はないが、調べがよくととのって、ふつつかなものは一首もない。

信濃なる浅間の嶽は何を思ふ
　われのみ胸をこがすと思へば
思ひきや人の行くへは定めなし
　わが古郷《ふるさと》をよそに見んとは

あとの歌が近江路を通る時のものであることは言うまでもない。戦国武人としては出色の歌人であったことがわかるのである。いわゆる文武両道の達人であったのだ。

氏郷は不運な人といってよいだろう。その器量にくらべると、決して十分とはいえない。秀吉の没後十五年生きていたら、天下はどんなことになったろうと思うと、彼のために一掬の涙なきを得ない。

加藤清正

一

尾張《おわり》は加藤姓の多いところである。加藤とは加賀の藤原氏の意味で、王朝時代の名将であった藤原利仁《としひと》（芥川龍之介の名作「芋粥」に出て来る利仁将軍だ）が越前に居住して、その子孫が越前・加賀に蔓延《まんえん》し、加賀にあるものが加藤となったといい、尾張の加藤も皆その子孫ということになっているが、清正の家はそれらの加藤とはちがって、権中納言藤原忠家の子正家の末ということになっている。

正家から十一伝して清信に至る。美濃《みの》の斎藤氏に仕えて、尾張の犬山に住んでいたが、織田家との合戦で討死した。清信の子は清忠。これは尾張の愛知郡中村に居住し、武家奉公はしなかったらしい。帰農していたのであろう。

清正は清忠の子である。永禄二年（一五五九）の生まれである。父の死んだ時、わずかに三つであった。幼名虎之助。五歳まで中村で育った。

中村は秀吉の生まれ故郷であるだけでなく、虎之助の母は秀吉の母といとこ同士《どち》であった。虎之助が五歳になった時、母は、

「親戚の藤吉郎殿は織田家に仕えて、唯今では江州長浜で五万貫という大名になっておられる。この子の行末をこれに頼もう」

と思案して、虎之助を連れて長浜に行き、秀吉の母に会って頼み入ると、秀吉の母は、よくこそたずね参られたと迎え、秀吉に引き合わせた。以後秀吉の母の側で養育されたというのが、清正記《せいしょうき》の記述であるが、くわしく検討すると、この伝えにはいぶかしい点が多々ある。

清正五歳の時といえば、永禄六年だが、この頃、織田信長はまだ美濃も手に入れていない。秀吉が長浜の領主などであろうはずはない。やっと織田家の下級将校クラスになった程度である。

清正の生年には異説があって、永禄五年の生まれともいうが、それにしてもその五歳の時は永禄九年で、秀吉はやっと信長の対美濃策のために墨股《すのまた》城を築いて、その守将となった年だ。長浜城主にはほど遠い。

しかしながら、清正が幼年の頃から秀吉の世話になったことは事実であろう。秀吉は肉親にたいする愛情の厚い人である。頼って来られれば、親戚の遺孤《いこ》をそのままにおく人ではない。

十五の時、前髪をおとして男となり、清正と名のった。烏帽子《えぼし》親には秀吉がなってやったろう。秀吉はこれに百七十石の知行をあたえた。

秀吉の家中に塚原小伝次という兵法者《ひょうほうしゃ》がいた。清正には遠縁にあたったというが、清正はこれについて兵法を学んだ。ある時、長浜の町で秀吉の家中の足軽で市足《いちたり》久兵衛というものが、人を殺してこもりものとなり、町中のさわぎとなった。罪をおかして一軒の家に閉じこもり、取りおさえようとして入って来る者を斬りはらって寄せつけないのを、当時「こもりもの」「やごもり」「とりこもりもの」などと言ったのである。

人々が家を遠巻きにしてわいわいさわぐばかりであった時、清正は駆けつけ、ただ一人屋内に入り、そいつを打ちたおして捕縛《ほばく》したが、一カ所の疵もこうむらなかったので、報告を聞いた秀吉は、

「お虎め、かねてから物の役に立つべきものと思うていたが、あんのじょう、あっぱれな働きしたわ」

といって、二百石加増したという。

以上は清正記の記述であるが、清正十五、六歳の時ならば、天正元年・二年で、秀吉はたしかに近江長浜の領主となっている。撞着《どうちゃく》するところはない。これくらいのことはあったろう。乱暴足軽一人召捕ったくらいのことに二百石の加増は大きいが、秀吉という人は何か家来に功があると、本人がびっくりするほど褒美をくれたと伝えられている人だし、もともと肉親の情に厚い性質だけに、かねてから取立ての機会を待っていたと考えられるから、不思議はない。

清正が最初に戦功を立てたのは、天正九年の鳥取城攻めの時であったと伝えられる。

天正九年といえば、清正は二十三になっている。すっかり成人しているわけだが、どんな男になっていたか。

彼の容貌体格については、若い頃のことは記述したものはない。ずっと後年、江戸になってからのことが落穂集という書物に出ているが、それによると、彼は三尺五寸の刀を常《じょう》ざしの脇差にし、鯨尺四尺二寸に仕立てた着物を着て、裾が三里（膝脇の灸点）の少し下にかかるくらいであったという。ぼくは身長五尺五寸六分あるが、それで三尺七寸五分に仕立てた着物をかかとにかかる位に着ている。この計算から行けばどうしても六尺五、六寸の身長がなければならない。仮に肩と胸がうんと厚かったにしても、少なくとも六尺二、三寸の身長はあったろう。二十三歳なら、大体これくらいの体格となっていたと見てよい。相貌《そうぼう》想うべき偉丈夫である。

ついでだから書いておく。彼は長烏帽子形の冑《かぶと》で有名である。いつ頃からあの冑を用いはじめたのかわからないが、甲冑は単に防衛のためだけでなく、敵を威嚇《いかく》するためのものでもあるから、これはいやが上にも体格壮大に見せようとの計算から考案されたものに相違ない。

豊臣秀吉伝で述べたように、秀吉は鳥取城を壮大な長囲陣をもって陥れたのであるが、その長囲にかかる前のことだ。城下に到着した秀吉は、城の様子をみて、

「地の利を得た城だな。力攻めではいくまい。兵糧攻めにしてほし殺してくれよう」

といって、蜂須賀彦右衛門（正勝）を召し、

「搦手《からめて》の様子を見てまいるよう」

と命じ、清正を連れて行くように言った。

出発にあたって、清正は蜂須賀に、城の東方に小黒く見える森を指さして、

「城の様子を見ますにあの森の陰には兵を伏せねばならぬところであります。きっと伏兵がありましょう。老功のそなた様に若輩者の分際にてさし出がましくはござるが、足軽二、三十召連れられた方がよくはござるまいか」

正勝はきかなかった。

「大丈夫であろう。急ぎ乗れよ」

と、共に馬に乗り、城を左手に見て搦手の方にまわると、果して森陰から二十人ばかりの敵が槍をしごいて馳せ出して来た。

「虎之助、虎之助」

と正勝が声をかけると、清正は腰につけた半弓をとりなおし、矢つぎ早やに射た。射立てられて多数の負傷者を出し、敵はたじろいだ。そこを目がけて、清正は馬から下りて突進し、一人を討取って首を上げ、袋に入れた。彦右衛門もまた一人討ち取った。

「若輩者であるに、目も心もきいたいたしよう。あっぱれであるぞ」

と、秀吉は賞して、手ずから金子をすくってあたえ、百石の加増をしている。

手ずから金子をすくってあたえたというところ、これは信長もしていることで、秀吉はそのやり方を真似たのであろうが、まことにおもしろい。大きな櫃《ひつ》かなんぞに金銀をザクザクと入れて陣中にたずさえ、功ある者には、

「それ」

とばかりに両手ですくい上げてやったのであろう。ナポレオンは陣中にうんと勲章をたずさえて、有功者には即座に胸につけてやったというが、賞に機を逸しないのは士卒の心をつなぐ所以《ゆえん》だ。東西を問わず、微賤《びせん》から成り上った英雄はこうした人心の機微《きび》をよく知っているのである。

次はこの翌年、秀吉が高松城を攻囲する前、冠山城《かむりやまじょう》を攻めた時だ。この城は宇喜多家の希望によって、宇喜多勢に攻めさせたのだが、二万という大軍をもってしながら、城兵が小勢ながらよく防ぐので、攻めあぐんだ。

秀吉は虎之助を呼んで、

「杉原が攻口を見てまいれ」

と命じた。杉原は秀吉の妻の親類で、軍目付《いくさめつけ》として秀吉が宇喜多勢につけておいた人物だ。虎之助が行くと、杉原の手についていた伊賀・甲賀の忍びの者共が案内して、城間近に連れて行った。すると城の北の門腰に手弱い塀があり、たやすく乗越え

ることが出来そうだ。ちゅうちょなく、虎之助は乗り入った。敵は油断していてそのへんに影も見えない。しめた！　とばかりに、大音声《だいおんじょう》に、

「羽柴筑前が家来、加藤虎之助一番乗り」

と名乗りを上げた。

つづいて、甲賀者の美濃部某が乗り入って二番乗りと呼び立て、三番目には杉原の家来山下某が乗り入って名乗りを上げる。敵はおどろいて二十人ばかりで馳せ出して来、槍の穂先をそろえて突いてかかったが、虎之助の働き鬼神のごとく、十文字槍をふるって忽ち一人を突き伏せた。他の二人もまた勇をふるって働く。そのうち、味方の大軍がドッと乗り入って来て、城は落ちた。

以上は清正記の記述であるが、陰徳太平記では少し違う。城中の兵らは宇喜多勢を一旦撃退した後、何しろ陰暦四月末という暑い頃なので、汗を拭って一休みしたが、その時一人の兵が鉄砲の火縄を火のついたまま小柴垣にかけておいた。天気つづきで乾き切っているところである。一陣の南風が吹いて来るや、パッと柴垣に燃えつき、あれよという間にそばの藁家《わらや》にうつった。人々が狼狽《ろうばい》している時、あたかも虎之助は塀の外に来ていたので、乗り入ったのだという。

とにかくも、虎之助の勇気と機転が冠山落城の機をつくったのである。秀吉が激賞したことはいうまでもない。

二

次の高名はその年の明智退治の山崎合戦においてであった。この時の秀吉軍の先鋒は高山右近、中川瀬兵衛、池田信輝の三人であったが、高山は、

「高名も不覚もまぎれぬこそ快けれ」

と称して山崎の南門を閉ざし、余隊の兵の通行を禁止して合戦をはじめたので、池田信輝は、

「さては高山は明智方となったたか、この時節いたし方ないこと」

といって、淀川べりの畷道《なわてみち》を進んだと、甫菴太閤記《ほあんたいこうき》にある。この南門のことを、清正記は宝寺の南門と書いているが、宝寺は天王山の山腹にある寺だ。その南門を打ったところで街道（西国街道）を東進するには支障はない。山崎には古来関所があって、その位置がちょうど南の町はずれに位置している。この関所の門のことにちがいない。

池田信輝が高山右近心変りかと疑ったほどだから、秀吉もいささか不審であったにちがいない。虎之助を呼んで、

「徒《かち》のもの二、三人連れて、高山が戦さぶり見てまいれ」

と命じた。

「はっ」

と答えて、虎之助は徒衆三人をつれて前線をさして走り出し、合戦の様子を見て歩いていると、明智方の先鋒部隊の中に、一騎目立ってさわやかに働いている者がある。

「日向守が先手《さきて》伊勢与三郎が家来近藤（異本進藤）半助ぞ！」

と名のって、部下の者共に脇をつめさせ、鉄砲を連発させながら、高山が勢に割って入っての働き、まことに目ざましい。一体この時代の戦闘は、一騎討ちといっても、相当に身分ある戦士は単騎で戦闘したのではない。自分の左右に家来共を立て、これに鉄砲か弓を持たせて掩護《えんご》させて戦ったものである。これを脇をつめるという。

虎之助はこれを見て、連れて来た徒《かち》の者共に、

「あの男、みごとじゃな。おれが討取ってくれよう。見ていよ」

というや、二尺九寸の陣刀を引きぬき、真一文字に走りより、渾身《こんしん》の力をこめて突いた。その刀が鞍《くら》の前輪をつらぬき、下腹部をズンと背までつきとおしたので、半助は馬上からまっさかさまに転落した。咄嗟のことに、半助の家来共はおどろきあわてて度を失った。虎之助はかまわずおどりかかって半助の首を掻き切り、腰につけた首袋に入れようとしていると、やっと気を取り直した半助の家来共がうしろから虎之助を斬ろうとした。しかし、これは虎之助が連れて来た徒の者共が駆けつけて斬りたお

した。

虎之助は秀吉の本陣へ駆けもどり、合戦の情況を報告し、取った首を実検にそなえた。

『武勇を心懸くる者、手柄者とは汝たるべし、いよいよ武功をつくすべし』

と、秀吉はその場で自筆で感状を認《したた》めてわたし、なお当座の褒美として脇差をくれたと、清正記は伝える。

次はこの翌年の二月、秀吉が滝川一益を伊勢に伐《う》った時である。織田信長が本能寺で死んだ時、滝川一益は関東探題《たんだい》として上州厩橋《まやばし》（前橋）城にいた。彼は本能寺の変報に接するや、かねて帰属していた関東の諸将を招いて、ザックバランに本能寺のことを打ち明け、人質をかえした後、北条家にもこの旨を通報し、一戦《いく》さして戦い敗れた後、所蔵した宝物を関東の諸将らにわけあたえて伊勢の長島城にかえって来た。

この時、秀吉はすでに山崎合戦で主君の仇を討ちほろぼして、勢い朝日の昇るようである。これに快くなかったのが信長麾下《きか》の将星中出頭第一であった柴田勝家だ。勝家は本能寺事変の時越前にいて、越中で上杉景勝とせり合っていたため、急には京都に駆けつけることが出来ず、やっとおさえの兵をのこして越前と近江の境までかえって来たところ、山崎合戦で明智がすでにほろぼされた報告を受取った。間に合わなかったのだ。

勝家を中心として、アンチ秀吉勢力が結成された。すなわち、越中富山に佐々《さっさ》成政、越前北ノ庄（福井）に柴田勝家、岐阜に信長の三男信孝、伊勢長島に滝川一益、日本中部を縦断してじゅずをつらねたように森列《しんれつ》していたのだ。

秀吉は敵方の首領たる柴田勝家が雪に閉ざされて北国から出て来ることの出来ない間に、このラインを寸断するのを得策として、山崎合戦のあった年の暮には大軍をもって岐阜城を圧迫して信孝に謝罪させ、翌年の二月には滝川を伐つために、七万五千の兵を三手に分ち、近江路から三道にわかれて伊勢に向った。一軍は弟秀長がひきいて土岐多良《ときたら》越えから、一軍は甥《おい》の秀次がひきいて大君越えから、一軍は秀吉自らひきいて安楽《あんらく》越えから伊勢に入り、桑名で三軍合して、一益の本拠である木曽川河口の長島を攻める段取りであった。

安楽越えというのは、東海道の土山《つちやま》と鈴鹿の間の猪《い》ノ鼻から左にわかれ、黒川・山女原《あけびはら》を経て伊勢の安楽に出るのでこう呼ばれる。

安楽から一里少し行くと峯城がある。これには滝川の一族滝川詮益《あきます》がこもっている。秀吉はこれにはおさえの兵をおき、道を北方にとり、他の二道から来た軍と合して桑名近くへ行き、一益と戦ったが、勝敗はつかなかった。

秀吉はここにはおさえの兵をのこしておいて南行し、滝川方の佐治《さじ》新助のこもっている亀山城を攻め、三日の後に攻めくずした。この時も虎之助は秀吉の命を受けて前線の戦況視察に行っている。すでに諸勢は城中にこみ入って、城内の至るところに乱戦が行なわれていた。その中に佐治の家来で近江新七というものが鉄砲隊を指揮して戦っていた。敵が近づくと、鉄砲で打ちたおさせるので、近づくことが出来ない。

秀吉の部将木村隼人の甥の同姓十三郎という者が残念がって十文字槍をふりまわして飛びこもうとするが、鉄砲隊のかためがきびしくて、飛びこみかねて見えた。そこへ行き合った虎之助は持っていた二間半の大槍で、筒先をならべている鉄砲をいきなり叩きつけ叩きつけうちはらうや、エイヤ！　と大喝して新七を突いた。穂先はあやまたず新七の肩先をついた。新七のよろめくところを、十三郎は、

「無念、出しぬかれたり！」

とさけんで、槍をくり出し、腹部を裏表まで突きぬいてたおした。虎之助は、

「槍をつけたは拙者でござるが、突きたおされたのは貴殿でござる。首を上げ候え」

といいすててなお城内深く進んだ。

そのうち、佐治は降伏したが、敵も味方もこれを知らず、なおはげしい戦闘が継続されていた。虎之助は大音に、

「城主佐治は降人となりたるぞ！　戦さはこれまでぞ」

と呼ばわり呼ばわり歩いたので、戦闘は一時にやんだ。

秀吉はこのことを木村隼人から聞いて、十三郎にも虎之助にも感状をあたえ、刀を

一腰ずつあたえたが、虎之助のもらった刀は信国であったという。

賤《しず》ガ岳《たけ》の戦いはこの時から二月後である。清正はこの時乗馬が二匹とも病気であったので徒歩で従ったが、大垣から賤ガ岳まで二十里の道を、疾駆する秀吉について一歩もおくれなかったという。壮強驚くべきものがある。

賤ガ岳七本槍の名は高いが、これは敵の佐久間玄蕃《げんば》・その弟柴田勝政（勝家の養子）が退却にかかった時、その追撃戦の時、秀吉側近の若武者、加藤虎之助清正・平野権平長泰・脇坂甚内安治・加藤孫六嘉明《よしあきら》・福島市松正則・糟屋《かすや》助右衛門武則・片桐助作且元の七人が、それぞれ槍をふるって抜群の功を立てたところから、有名になったのであるが、それは宣伝上手な秀吉がずいぶん宣伝につとめたからだという説が昔からある。この以前には今川義元と織田信秀とが参州小豆坂で戦った時に織田方の七勇士をたたえた小豆坂の七本槍というのが有名であったが、この時以後、賤ガ岳七本槍に名をうばわれてしまった。秀吉の宣伝上手もだが、賤ガ岳合戦は一種の天下分け目の戦いであるから、舞台もよい。こちらの方が有名になるわけでもある。

この時、虎之助は真先かけて飛出し、一番槍と名のって、敵の部将拝郷五左衛門隊の鉄砲頭戸波隼人という者を討取っている。

戦後、一様に三千石をあたえられたが、福島正則だけは五千石あたえられた。祖父物語にはこの時のこととして、おもしろい話を伝えている。

秀吉の朱印状を取次ぎの杉原伯耆《ほうき》から渡された時、清正はいたけだかになり、

「市松もご一家、われらもお爪《つめ》の端でござる。こんどの槍、われら少しも市松におとり申さぬに、何でわれらの方が二千石少ないのでござる。気に入らねば、このお墨付、お返し申す」

とどなって、杉原におしかえした。

大きな声であったので、秀吉の耳にとどいた。秀吉は、

「虎は総じて阿呆なやつじゃ。しばらく受取っておけい。やがて市松と同じにしてやる」

といって、間もなく加増して五千石にしてやったという。福島は秀吉のいとこ、清正はまたいとこで、血縁的に親疎《しんそ》があるのである。

この賤ヶ岳合戦のあと、虎之助は物頭となり、鉄砲五百梃、与力二十人をあずけられたから、以後は部隊長としての働きとなる。この時、彼は主計頭《かずえのかみ》に任官したという。秀吉と徳川家康・織田信雄《のぶかつ》との合戦、すなわち犬山城攻めや小牧合戦にも相当な手柄を立てているが、格別目立つほどのことはない。小牧合戦の時二十六歳である。

三年後に九州征伐があるが、この時は諸大名だけが戦闘して秀吉の本隊は全然戦闘しないから、本隊づきである清正も戦闘はしない。従って武功の立てようはない。島津家の勇将である新納武蔵《にいろむさし》と一騎討ちの戦闘をしたなどと講談で演ずるが、そういう

事実はない。新納は当時すでに六十二だ。采配とっての戦さはしても、自ら刀槍をとって一騎討ちなどはしない。

九州平定の後、秀吉は肥後を佐々成政にあたえた。佐々は以前柴田勝家を中心とするアンチ秀吉党の有力なメンバーであり、勝家の敗死後も頑強《がんきょう》に抵抗し、勢い窮してついに秀吉に屈服した男だ。本来なら首をはねられても不思議はなかったのを、秀吉は助命して越中新川の一郡だけをあたえてお伽衆（話相手）としていたのであった。

この時すでに秀吉には外征の志があったのであるが、思うに、その先鋒に佐々を用いる気持があったのではないか。後に佐々の後任として肥後を半国ずつもらった清正と小西行長とが共に朝鮮入りの先鋒をうけたまわっていることをもって、そう考えられるのである。外征には兵糧その他の費用がうんとかかり、先鋒部隊ともあれば一層だが、肥後は天下の美国であるから、十分にそれにたえ得ると見たのだと思う。九州征伐の途上、秀吉は肥後の八代《やつしろ》から毛利輝元にあてた書状に肥後の豊かさに驚嘆して、

「こんな国は今まで見たことがない。老後はこういう国に隠居したいものだ」

と書いている。肥後は平野の多いところだ。有名な米産国だ。この大戦中にも自給自足が出来、配給の遅配欠配など全然なかったところである。農業中心の時代では天下第一等の美国であったに相違ない。

秀吉は佐々を肥後に封ずるにあたって、民政上のことについて実に周到な注意をあ

たえているが、せんずるところは国侍や百姓共に仁心をもって接して、一揆など起こさせないようにせよというにあった。そのために秀吉は費用のかかる軍役や上方の普請など三年間免除してやるとまで言っている。まことに行きとどいた注意であった。

ところが、秀吉は平定の功を急いだため、土着侍――すなわち国侍だが、この連中に本領安堵《あんど》の朱印状を乱発して、そういう侍が肥後だけでも五十二人あった。だから、佐々としては肥後一国をもらったといっても、その中には五十二の小独立国をふくんでいるようなものだ。佐々は国入りするとすぐ検地をはじめた。これも三年間は行なってはならないと秀吉は指示している。いつの時代でも検地は増税のために行なわれるものだから領民を刺戟《しげき》する。秀吉はそれを慮《おもんぱか》ったのだが、佐々としてはせっかく領主となっても収入の実数がわからんでは仕事にならないと思ったのであろう。とにかく検地をはじめた。

すると、はたせるかな国侍共は不安となり、一揆がおこった。佐々が入部《にゅうぶ》して二カ月目なのだから、佐々の責任というより、起こるべきものがついに起こったとも言えるし、佐々の民政手腕がゼロに近かったともいえるし、解釈はどうにでもつくのである。佐々の不運というのが一番正しいかも知れない。

とにかく、大さわぎになって、近隣の諸大名が皆駆けつけたが、一揆勢はなかなか手ごわく、七、八カ月もかかってやっと平定している。

このために佐々は京都に召還され、尼ガ崎まで来ると、秀吉の使者が行き向い、切腹を命じた。佐々は同地の法華寺で腹を切った。清正記によると、その使者には清正が立ち、高声に秀吉の命令書を読んで聞かせて、切腹させたとあるが、川角《かわすみ》太閤記では、藤堂高虎が上使で行ったとある。川角太閤記の方が正しいであろう。

これで肥後は闕国《けっこく》となったので、秀吉はこれを二つにわけて、北半分を清正に、南半分を小西行長にあたえた。清正の所領二十五万石、熊本（当時は隈本）を居城とした。大名になったわけである。この時、清正三十。

小西は二十四万石、宇土《うと》を居城とした。肥後は全部で五十四万石あるから、五万石のこる勘定だが、これは公領として、二人がそれぞれに代官することになったという。以上は清正記の記述で、川角太閤記では、清正二十六万石、小西十二万石とある。しかし、これは清正記の方が正しかろう。肥後国志にも小西二十四万石とある。

三

清正は天正十六年六月二十七日、隈本に到着、佐々の家老から城地を受取った。この際佐々の遺臣三百人を召抱えたという。それはそうだろう、五千石からにわかに二十五万石の大名になったのだ、大量に家来を召抱えなければならなかったはずである。

入部の後しばらくは領内巡視と一揆討伐に日を送る。しかし、大体において佐々の時のさわぎで国侍らの力も弱っているので、大して骨もおれず、領内は静穏《せいおん》となった。清正の幸運である。

一揆征伐に骨がおれたのは小西の方であった。小西の領内には天草があった。小西は入部すると、宇土城の普請にかかり、天草の地侍《じざむらい》志岐林専《しきりんせん》入道、天草伊豆守に手伝いを命じたところ、二人は、

「われらは先年関白殿下薩摩ご征伐の時、おん先手を仰せつけられ、薩州川内《せんだい》川まで船を出して忠勤をぬきんでたるにより、殿下ご感賞あって、天草郡を永代われら両人に下し給うとのご朱印状を下しおかれています。天下のご普請や軍役の際は、小西殿与力《よりき》を仰せつけられているのでござる故、お手につきもいたそうが、小西殿わたくしのご普請などに何しにお手伝い申そう。われらも似合の掻き上げの小城を持っておりますれば、その普請で急がしゅうござる」

と返答した。

これは清正記の記述だが、事実とすれば天草の二人侍《ふたり》も余計なことを言ったものだ。気最後の「われらも似合いの城を持っている、云々」に至っては喧嘩売りの口上だ。気に入らずば討手をよこされよ。この城にこもって一戦つかまつろうという意味なのだから。

小西は怒って秀吉に訴えた。秀吉も腹を立てた。

「生意気を申す奴ばらじゃな。征伐せよ」

そこで、小西は征伐にかかったが、なかなか強い。最初につかわした三千人は一人のこらず討取られて、船頭と水子《かこ》だけが帰って来た。意外の結果に行長はおどろいた。よほど強いのだと思ったので、再征伐の準備をととのえる一方、清正へ助勢をもとめた。

佐々の時の一揆さわぎでもわかるように、こんな場合には遅滞《ちたい》なく助勢して手早く討平《とうへい》すべきものと定めてあったようである。清正は四人の者を大将として千五百人の助勢を送った。これと小西の勢六千五百人、合して総勢八千の人数はそれぞれ船に分乗し、志岐に向った。

志岐は天草の西北端、天草灘が東支那海にうつる海に面した位置にある。後に江戸時代になって天草代官所のあった富岡町の近くだ。ここは小さな半島のつけ根にあたるが、この半島の突端に袋という浦がある。征伐軍はここに上ってまる五日間敵の出ようを待って計をほどこすつもりで合戦しなかった。

志岐の城からこの浦まで二十町ばかり離れている。天草勢は干潟《ひがた》伝いに小西の陣営間近にやって来て、散々に悪口し、ついには唄につくってはやし立てた。

京衆《きょうしゅ》、京衆
なぜ槍せぬぞ
かぶすのかわの
すもとりか

という唄であったというが、よく意味がわからない。

あくまでも寄せ手を侮った天草人らのふるまいに、加藤家から加勢に来た四人は嚇《かく》怒《ど》して千五百をもって突出した。小西勢も出た。こうして戦いがはじまり、天草勢を突きくずし、志岐城までおしつめたが、この城はなかなかの要害である上に、天草の諸方から馳せ集まって組織された鉄砲隊が三百人もあってなかなかの威力だ。寄せ手には有馬・大村・平戸・唐津あたりの大名らも援助に来て大軍勢となったが、わずかに二千の兵のこもる志岐城をおとしかねた。

小西は加勢に来た有馬が志岐林専と親類の関係になるので、有馬に、城を明け渡して下城すれば、関白殿下のご前よろしきように申し上げて悪いようにはしないと説かせ、自分の起請文を同封して送らせた。さすがに小西は堺の町人出身で、その秀吉に見出された動機は宇喜多家の外交がかりとして中央に往来している間に見せたはたらきであるというだけに、出来るだけ武力戦をしないことを心掛けたのだ。城中でも大いに意を動かしたが、まだ返事はしなかった。

清正は隈本にいて、出してやった軍勢からの報告を受けると、到底小西の手勢だけでは平定困難であると見たので、自ら一万の軍勢をひきいて隈本を出発、隈本の南方川尻と三角《みすみ》から船出して天草にむかったが、その直前、志岐城に使者を出した。

「加藤主計頭、これよりあつかい（仲裁）のためまかり出るであろう」

使者は志岐について城中に入り、この口上をのべた。

城中では前に有馬を通じての小西からの和平の話もあったことであり、大喜びで侍十人ほどを志岐の浜辺に出して清正を迎えた。

このところ清正びいきの人々にとっては面白くない話にちがいないが、清正は浜べに舟を近づけるや、いきなり鉄砲を斉射《せいしゃ》させて十人を撃ちたおし、「心よげに押し上り、大手の門の向いなる笠山（一本はげ山）に陣をとる」と、清正記にある。武略とはつまり敵をあざむくことではあるが、これはひどい。いのちを助けてやると甘言をもって近づけておいて、いきなり抜打に斬り殺すような所業だ。陰険にすぎる。同じあざむくにもさわやかに行きたいものだ。

この時の小西の気持はどうであったろう。余計なことをして、せっかくの和平工作をうちこわしてしまったと、うらめしく思ったのではなかろうか。後年朝鮮役で、行長は和平策をとり、清正はこれに反対しているが、この時すでにこうなのだからおもしろい。性格の相違から来るものであろう。

さて、清正は陣取りした後、小西の陣所へ行って、城攻めの相談をし、ついでに、

「貴殿のご人数は少ないようでござる。拙者手の者をお貸し申そう」

と、斎藤立本《りゅうほん》その他二人に千五百人をつけて小西陣営につかわした。

間もなく本戸《ほんど》（今本渡）城主天草伊豆守が、両方面から志岐城後ろ巻きの兵をつかわした。すなわち一手は木山《きやま》弾正という勇士が大将となり、弓三百張《ちょう》、歩行《かち》の兵二百、都合五百人をひきいてやって来て、清正の陣所に向い合った山に陣取り、一手は天草主水という者が大将として七百人の兵をひきいて来て、小西の陣所に相対する山に陣取った。

天草勢は日時を打ち合わせておいて三面から合撃して小西・加藤をうちとる計画で、城中にこのことを言ってやったが、城中では小西によって吹きこまれた和平待望の気分が尾を曳いていて、人々の心が決戦に一致せず、林専もはっきりした返事が出来ない。

「かような計は即時に決するようでなければ、ことは成らぬものじゃ。城中の様子心もとない。未練をのこさず帰って、籠城の用意なとしようわい」

と、天草主水は引き上げてしまい、木山弾正だけがのこった。

木山弾正は天草一の猛将だ。堅い決心をもって本戸を出て来ている。主水の退陣を

こととせず、清正の陣所を見下ろす山に上《のぼ》って陣を張った。清正は見て、弾正の覚悟がわかった。使者を小西の陣へ出して、

「木山弾正、有無の一戦せんと思い定めているげに見え申す。われら明日弾正を打ち果し申すべければ、貴殿は城を堅固にとり巻いて、敵の出られぬようになされたし」

と申しおくり、戦いの用意をした。軍勢を三手にわけ、先陣三千は明朝辰の上刻(七時)に敵の山へ押し上る。二番手は二千、三番手を旗本とした。

先陣の大将分の者共が暇乞いにきた時、清正は、

「明朝のいくさ、わしも一番に乗り上げて押入るつもりである。味方の小西勢、敵の志岐勢ともに目をすまして見上げている高みでの合戦である。皆々一入精《ひとしお》を出せい」

といって、酒を飲ませた。すると、南部無《む》右衛門という勇士は意気激揚して進み出で、

「山上より大岩石どもくずれかかってまいろうとも、拙者は必ず一歩も退かず攻め上り申すでござろう」

と大言をはいた。

夜半から備えを立てなおし、夜が明けて定めの時刻となるや、先手《さきて》三千は本道をひたおしにおしのぼりはじめた。つづいて二番隊二千は左手の尾根《おね》を押し上る。清正は旗本の者共に、

「今日の先手、必ず追いくずされて来るであろうから、その時は旗本勢は追い来る敵に横筋かいに槍を入れい」

といいおいて、自ら八十人をひきいて先手について上りはじめた。

弾正ははげしく弓隊にさしずして矢を射かけさせた。矢つぎ早やの精兵どもが三百張《ちょう》の弓をこぶし下りに射るのだ。忽ち射しらまされて、一番隊三千人は立往生し、それぞれの地物《ちぶつ》のかげにすくんだ。清正は庄林隼人を使番として一番隊に下知した。

「清正ここにあるぞ。昨夜も申したるごとく見物の桟敷《さじき》を前にしての合戦なり。臆病は見苦しいぞ、ただ押し上れ」

しかしながら、乱れ立った軍の常だ。聞きは聞いても、からだが言うことをきかない。

清正は腹を立ててくやしがり、側につきそう庄林隼人、森本儀太夫以下の者共に、

「先勢《さきぜい》敗軍の様子であるが、ここでわれらが手で追いかえして討取ろう」

いきり立っているところに、一番隊の者共が逃げかえって来た。見ると、その中に昨夜大言した南部無右衛門がいる。清正は怒って、

「無右衛門きたなし！　昨夜の大言はどうしたぞ！」

と耻しめると、無右衛門ははっとした様子で、

「南無三！　かかるはずではなかった！」

というなり、引きかえして、エイエイ声を上げてのぼって行った。そこに味方の勇士岡田善右衛門が重傷を負うて、家来に助けられながら退却して来たが、敵が大勢競いかかって退《ひ》きかねていた。無右衛門はその中におどりこみ、槍をふるって二度まで叩きかえしたが、三度目にはまた追いのけられて来た。

清正は三十人ばかりの敵の集団の中に突入して、両鎌槍《もろかまやり》をふるって四角八面に奮戦し、二人をたおし、庄林と森本も一人ずつ突き伏せ、なおも縦横に馳突《ちとつ》していると、五、六人の武者がそれぞれ弓をたずさえて馳せ下って来た。中の一際武者ぶりの見事なのが、声をかけた。

「これはおん大将ではおわさぬか。かく申すは木山弾正でござる。天草鍛冶《かじ》のきたえたる矢じり、一つまいらせん」

弓をきりきりと引きしぼって、今にも切って放さんず有様だ。清正はさわがず、

「いかにもこれは主計頭である。しかしながら、大将同士の勝負に飛道具はおもしろからず、太刀打ちせん」

と言って、両鎌槍をからりと捨てた。

「心得たり!」

と弾正は弓をすてた。

すかさず、清正は槍をひろい上げて突いてかかった。

「たばかるとは卑怯な！」

と弾正は怒ってののしったが、清正の槍法は鋭く、高股《たかもも》をかけとおし、槍玉にかけてはね上げ、谷底にはねおとしたので、弾正は絶息した。

このことも、清正びいきの人達は聞きたくないことであろう。フェア・プレーでないといえる。しかし、これは武略にかけたのだから、宮本武蔵の仕合ぶりと同じことで、当時としてはけなすべきことではなかったのかも知れない。だまされる方が不心得なのだ。だから、清正を讃美《さんび》することを目的としている清正記にもとりつくろわず書いてあるのだろう。

このようにして、大将が討たれたので、形勢は逆転して、天草勢は敗走した。

この時の戦いに、清正の槍の両鎌《もろかま》の一つが折れ、片鎌槍になったと、清正記にある。しかし、清正記だけでなく、諸書に伝えるところもほぼ同じで、天草合戦で折れたとしている。しかし、先年東京の某デパートの展覧会に、清正の片鎌槍が出品されたのを見たことがあるが、それははじめから片鎌槍にこしらえたこと歴然たるものであった。鎌槍は両鎌にかぎったわけのものではない。はじめから片鎌のものもある。日本では太古から両創始し、その操法を工夫したのは、宝蔵院覚禅であるというが、中国には太古から両鎌・片鎌ともにあり、前者を戟《げき》、後者を戈《か》といって、それぞれに操法が工夫されている。

この敗戦で気力おとろえ、志岐城も開城降伏したので、清正は行長らとともに本戸におしよせ、三日の間、昼夜のわかちなく猛攻し、ついに四日目の朝、清正の手で乗り取り、城主天草伊豆守は妻子を刺し殺して腹を切った。

この最後の合戦の前夜、清正は将士を集めて酒をふるまい、自ら起って、

人は一代、名は末代
あっぱれ武士の心かな

と歌いながら三度まで舞い、翌朝定めの時刻になると、井楼《せいろう》に上り、貝を吹き立て、と叱咤《しった》して、無二無三に城に乗りこませたという。

「かかれ、かかれ」

天草一揆は十月はじめからはじまって、十一月二十五日には完全に鎮圧されたのだ。

清正は十二月二日に隈本を立って、大坂に上《のぼ》っている。

一揆さわぎのために、領分拝領のお礼言上も出来ずに来たので、そのための上坂であった。秀吉は一揆鎮定の功を賞した上、「高麗へ出陣することがあるかも知れんから、人数や船の用意をしておけ」と申し含めたと、清正記にある。事実だろう。この前々年島津征伐の帰途、肥後八代から秀吉が妻の北の政所《まんどころ》にあてた手紙の中に、

「高麗まで日本の内裏《だいり》へ出仕せよと早船を仕立てて命じてやった。もし命令通りにしなかったら来年征伐するぞと申してやった。わしの一生の間に唐国まで攻めとるであろう」

とある。新しく九州を手に入れて意気上って、女房に気焔を上げてやったのであろうが、それから満二年以上もたっているのだ、実現性のある計画として心中にかたまりかけているとみてよかろうと思う。

この頃まで、清正と小西との間はそう不和というではないが、この頃から不和がはじまったようである。元来が清正は真正直で物堅い性格であり、小西は前に言った通り堺の町家の出身で、宇喜多家の外交がかりをやっていただけに、弁口達者、才気縦横といった性格であり、まるで正反対だ。その上、境を接している大名というものは、いつの時代でもなかなかの悪いものだ。小宮山昌秀の垂統《すいとう》大記に、国史と鍋島直茂譜をひいて、二人はよく領分の境目争いをしたが、行長は巧みに奉行らに取り入ったし、清正は質実で一向そういうことをしない。裁判毎にいつも清正がまけた。それで、清正は腹を立てていたと書いているが、最もありそうなことである。

秀吉の小田原征伐があったのは、翌々年の天正十八年であるが、清正はこれには従軍していない。しかし、陣見舞のために度々いろいろな献上物をたてまつっており、秀吉の凱旋《がいせん》の時は三州の岡崎まで出迎え、故郷中村の人々のために、

「中村はご在所でござる。このおついでにご一宿たまわらば、天下一の外聞（名誉）と、所の者共が切望しています」

と願ってやったので、秀吉は喜んで故郷に一泊し、中村の人々に付近千石の土地を永代作りどり（無税）の特典をあたえたという。

この時、秀吉は清正を駕籠わきから離さずきげんよく話しかけたので、清正は岡崎から中村まで九里の道をずっと徒歩で供をしたという。秀吉にしてみれば、これで日本は完全に統一し、名実共に天下人《てんかびと》になったことだし、幼い時から手塩にかけた清正は今や二十五万石の大名となって見事な成人ぶりを見せていることだし、うれしくてならなかったのも道理である。

朝鮮の役がはじまったのは、翌々年の天正二十年（十二月八日改元して文禄となる）の正月であった。

秀吉は北の政所《まんどころ》に出した手紙通りに、九州征服の直後に対馬《つしま》の宗《そう》氏を介して朝鮮に入貢《にゅうこう》と国王の参覲《さんきん》を命じてやったのだが、埒《らち》があかない。あかないはずである。宗氏は朝鮮を恐れて秀吉のことば通りに伝えなかったのだ。しかし、秀吉の督促《とくそく》がきびしかったので、宗氏はやっと朝鮮を口説きおとして通信使を送らせることに成功した。このへんのところで秀吉をごまかしてしまうつもりであった。

通信使は天正十八年七月下旬に京都についたが、この時秀吉は小田原征伐をおわって奥州の方に行っている時であった。秀吉は九月一日に京都にかえったが、十一月になってやっと使節らに会った。国王の参覲を待っていたのに小ものの使節などよこしたので、気に食わなかったのであろう。

この時、使節らの持って来た朝鮮王の国書は、「殿下が日本を統一されたことを祝賀して使者をつかわします。以後どこよりも親しくいたしましょう。いささか土産物を持たせてやりましたからお笑納下さい」という意味の、つまり普通の賀状にすぎなかったのであるが、秀吉はこれを臣服を申しおくったものとして、大いに満足している。秀吉がそう思っただけでなく、大名らもそう思っている。思うに、朝鮮使節を案内して来た宗氏主従や、この問題に宗氏とともに関係するようになった小西行長らが、

「朝鮮王は殿下のご威光に驚嘆《きょうたん》し、おそれ、臣服しているのでございます。でなくて、どうして使者などつかわしましょう」

などとことば巧みに説いたのであろう。その上秀吉はもとよりだが、当時の大名らは学問なんぞない。むずかしい文字をならべ立てた漢文、しかも外交文書特有な荘《そう》重端厳《ちょうたんげん》な文体のものを、漢文訓読《くんどく》式に読まれては、ついそうかいなとなってしまったのであろう。

が、それにしても、とんでもない間違いをしたもので、秀吉ほどの人間も、多年のトントン拍子の運のよさに、相当タガがゆるんでいたといわなければならない。彼の

タガがゆるんでいなかったら朝鮮役などに踏切りもしなかったろうが、たとえ踏切ったとしても、あんなみじめな失敗におわらせはしなかったろう。まことに余儀ないことであった。

その後度々の交渉があったが、日本側の宗氏と小西行長は、適当に時を稼いでいるうちには秀吉の気もかわるだろうと思ったらしく、いいかげんな交渉をしており、朝鮮側は朝鮮側で日本の事情にはまるで不通でまじめにならないのだから、埒《らち》のあくはずがない。ついに秀吉は外征命令を下した。

清正記によると、秀吉は、天正二十年正月五日に、清正に鍋島直茂と相良《さがら》長毎をそえて一手とし、小西に宗義智《よしとも》・松浦鎮信《しげのぶ》・有馬晴信・大村喜前・宇久（五島）純玄らをそえて一手とし、一日がわりに先鋒をつとめるように命じ、清正と小西を呼び出して、清正には朝鮮での制札・軍書一巻・南無妙法蓮華経の旗を下賜し、小西には制札・軍書一巻・名馬をあたえたとある。

清正のもらった妙法の旗は、元来織田家に伝わる軍旗で、秀吉が中国征伐に向う時信長からもらったという由緒あるもので、清正は感激して、

「この旗をおし立て、朝鮮国にて猛威をふるい、武功を立てんこと、ありがたき仕合せ」

と拝謝して退出したが、次の間で、小西に向って、

「ご辺はいかような旗をお用いになるおつもりでござる」

というと、小西は、

「紙の袋に朱の丸をつけたものにでもいたそうよ」

と言いすてたというのだ。朱の丸のある紙の袋は薬袋だ。堺の薬種屋の小せがれであることをいつも侮られている行長のレジスタンスである。まことにおもしろいが、行長がこんな答えをしたところに、平生から両人の間が不和であったことがわかるのである。

以上の通り清正記には、清正と小西とに一日交代で先鋒をつとめるように秀吉に命ぜられたとあるが、毛利家文書では全軍を九番に分ち、小西組が一番に、清正組が二番になっている。しかも、小西組の諸大名は、宗義智をはじめいずれも海島の領主で、当時の朝鮮通の人々である。共に先鋒を命ぜられたにしても、一日交代ということはなかったのではないかと思う。あとで朝鮮に渡った後、両者話し合ってそういう取りきめをした時期はあろうが。

秀吉の目的は朝鮮にはなかった。朝鮮を経由して明《みん》に入るにあり、この頃では朝鮮への交渉も、明への道案内をつとめよというのであった。秀吉は、諸軍が出動を始めるや、もう一度外交折衝《せっしょう》を試みる気をおこし、小西と宗義智にその使者を命じ、諸軍へは、

「しかじかの次第で小西と宗をつかわしたから、何分の返答があるまで、諸勢は壱岐・対馬に陣取って、朝鮮へは一人も渡るな」

と申し渡し、特に清正には、

「その方は朝鮮へ一、二里の近くの島に陣取りし待っていよ」

と命じている。

小西はもう一度外交折衝せよという秀吉の命令を受取った時、すでに兵をひきいて対馬の大浦に碇泊していたが、当惑した。彼らはことのはじめから秀吉をだましているだけでなく、朝鮮側にも秀吉の真の要求を告げていないのだ。今さら交渉をむしかえしてみたところで、朝鮮が承諾するはずはない。

小西と宗との相談はいく度も行なわれたろうが、いい工夫がつかなかったのであろう、正月十八日に秀吉の命令を受取ってから八十余日も二人は対馬を動かなかった。しかし、ついに一策を案じ出した。すなわち、兵をひきいて釜山に行き、釜山の鎮衛《ちんえい》官《かん》に兵を上陸させるから道を仮《か》せと交渉しよう、応じないにちがいないから、武力をもって押し上り、日本へは、『朝鮮はにわかに心がわりして敵意を見せていますので、ついに武力をもって押し上りました』と報告しよう。そうすればこれまでのことと一応辻褄だけは合わせられるという策。どちらが考え出したことか。苦しい小細工だが、他に方法はないのである。

「よろしかろう」
議一決して、四月十二日の朝、小西軍と宗軍とは対馬を出発、午後五時頃釜山につ
いたが、これは宗義智の乗った船だけで、その部下の兵船や小西の兵団は釜山までは
行かず、島々の陰にでもかくれていたらしい。
義智は釜山につくと直ちに上陸して、釜山の鎮衛官の役所に行き、道を仮せとの書
面をさし出したが、果せるかな許さない。義智はそのまま帰船して、小西にこのこと
を通知し、翌払暁とともに釜山の海を蔽うて襲撃し、忽ちこれを陥れた。翌十四日に
は東萊《とうらい》城を攻め、これまた時の間に攻めおとした。万事予定の通りという次第だ。
清正はこの時、壱岐の風本《かざもと》にいた。朝鮮近くの島にいて待っていよとの秀吉の命で
あったが、対馬に小西勢がいる以上、それを越えて前進することは出来なかったので
あろう。清正の家中の勇士木村又蔵の覚書によると、清正・鍋島・相良らの第二軍は、
四月十七日に釜山に到着している。行長におくれること五日である。翌日、梁山に着
いて、行長らの動静を聞くと、密陽、清道等を占領して尚州に向ったという。そこで、
道を右にとって彦陽《げんよう》に向い、さらに慶州を目ざした。
古来世に伝えるところでは、行長や宗義智も清正と同じく壱岐の風本に船がかりし
て風待ちしていたが、二人は度々朝鮮にわたって海路に熟していたので、いくらか風
が小やみした時、夜ひそかに抜け出して朝鮮に向った。夜が明けて、清正はこれを知

り、

「出しぬきおったー」

と激怒して船を出したが、風波が強くてまた吹きもどされ、いよいよ怒ったというが、事実は以上書いた通りだ。しかし、こういう話が甫菴《ほあん》太閤記をはじめいくつかの書物に書きのこされているところを見ると、清正が行長に怒ったことが何かあったのであろう。思うに戦闘をはじめるなら第二軍たる清正に連絡してからはじめるべきであるのに、それをせず、はじめるやグングン奥地へ進んで行ったので、出しぬかれたと怒ったのではなかろうか。行長としては秀吉をごまかさなければならないから、出来るだけ戦線を奥深く進めておく必要もあり、かねてから不和のなかでもありするので、意識して相当以上に連絡を遅らしたのであろう。果してそうであったなら、清正の怒りも道理である。

二人のなかは一層悪くなり、ことごとに競い合い、いがみ合っているが、その最も対立的であったのは、小西が終始一貫して和平主義であったのに対して、清正は終始一貫して秀吉の方針に最も忠実であったことだ。だから、その当初においては清正は主戦主義であり、明国まで攻め入ることをまじめに考えており、途中秀吉が和平を考えるようになると、彼もまた和平を考えるようになったが、その和平はあくまでも秀吉の意志に沿うてであり、和平になりさえすればどんな不利な条件でもかまわないという小西の行き方とは鋭く対立していた。

今日日本人は戦争に懲《こ》りて和平をよしとし、主戦を悪しとする気風があるが、歴史上のことは今日的考えを単純に移して判断するわけには行かない。小西は和平を望むあまりに秀吉をすら欺《あざむ》いている。戦争開始以前に秀吉を欺いたばかりか、朝鮮側にたいしても秀吉の意志を大いに割引きしてしか伝えていないことはすでに書いたが、後に和議がおこり、明の使者沈惟敬《しんいけい》が日本に来た時にも、同じ態度だ。秀吉の提出した条件を正しく明側に伝えず、明側の提出した条件をきわめて瞞着《まんちゃく》的《てき》にしか秀吉に伝えていないのである。この和議は、そのはじめは小西から朝鮮側に説いたのであるが、これを説くにあたって、小西は、

「日本の諸大名は皆外戦を欲していない。太閤が躍起になっているので、皆やむなく追随しているにすぎない。内心には厭戦《えんせん》の気分がみちみちている」

と言っている。和議をもち出せば必ず成立する可能性のあることを言わなければ、先方が話に乗って来ないと考えたからであろうが、戦争は継続中なのである。自国軍の秘密――というより弱点といってもよいことを敵側に漏《も》らすことの善悪は説明するまでもなく明白だ。秀吉の外征が暴挙であることは言うまでもないが、そのこととこのこととは別だ。これは初度の朝鮮役の時だが、二度目の役の時には、行長はもっとひどいことをしている。即ち敵側に、日本軍は海上の不安のために糧食の用意が乏し

いから、清野《せいや》の計を行ない——民を山に逃げこませ、糧食を隠匿《いんとく》して、糧食の徴発の出来ぬようにせよと教えている。

小西が終始一貫和平主義を堅持して努力をつづけた志は大いに諒《りょう》とするが、そこには越えてならない矩《のり》がある。方法はその矩の内で講ずべきが、主にも国にも忠なる所以だ。小西にはその弁別がなかった。彼にはついに士人の魂がなかったと論断せざるを得ない。

この小西にたいして、清正は常に真正直に秀吉の意を奉じ、その実現に努力している。ぼくは清正を迂愚《うぐ》に近い人間だとは思うが、その純忠で誠実な魂は買わないわけに行かない。

四

清正の武将としての働きは、日本国内では至って少ない。前述の天草の地侍一揆の鎮圧戦と、関ガ原役の時に小西の本城たる宇土城を攻めたことだけで、その他は朝鮮における働きであるが、前役における最も大きい功績は、二王子をとりこにしたことだ。

清正と小西は京城に入って間もなく、それぞれその向う所を分掌《ぶんしょう》し、小西は西海に面した平安道を行き、清正は東海に面した咸鏡道《かんきょうどう》を進むことになった。

　清正は黄海道の安城（今の新幕）から東北に向って朝鮮の脊梁山脈《せきりょうさんみゃく》をこえて元山近くの安辺《あんぺん》に出、海に沿うた平野地帯を北して永興府まで行くと、町の入口に永興の朝鮮役人の立てた高札があった。家臣美濃金大夫に読ませると、国王李昖《りえん》は明国に退き、王子兄弟はここから奥へお通りという意味の文章であるという。国王や王子らが無事避難《ひなん》したことを民に知らせてその心を安定させるためのものであったろう。

「追いつめて二王子を生捕りいたそう」

　と、清正が勇躍したところ、鍋島直茂は、

「異国の者の腹は奥深うござる。われらを切所にさそいこんで討取ろうとのはかりごとであるやも知れぬ。また、われらが勢はこの暑熱に十六日も押してまいり、人馬ともに疲れ果てている。ここは兵糧なども多糧にござれば、しばらく逗留して、漢城へ注進あって、さしず次第で漢城へ引き取ることにいたそうではござらんか」

　と反対した。清正は、

「この高札を高麗人どもが立てたとお思いでござるか、われらはさようには思わず、ひとえに天照大神・八幡大菩薩の示現と覚える。されば神慮にまかせて追いかけて、王子らを生捕りにいたさん。鍋島殿はここにてお待ちあれ」

　といい、所の役人を案内者として先きに立て、手勢八千をひきいて、明けても暮れても東北方へ向って進み、途中海汀倉《かいていそう》（今の城津《じょうしん》）で朝鮮軍を撃破し、満州国境に近い会寧府で二王子に追及して捕えた。永興府で鍋島直茂に別れてから五十二日目であった。

清正の軍は軍紀厳正で、釜山上陸以来秋毫《しゅうごう》も民を侵さなかったので、その占領している土地では民は皆平生とかわらず安らかに生業に従っていたというが、この時もそうであった。二王子をまことに手厚くとりあつかい、それに随従している宮女らが二王子に従って城を出る時には、前もって兵士らに、

「顔を見てはならない。その着ものに触れてはならない」

と厳重に戒めたという。

清正軍の軍紀が厳正であったのは清正が厳格な人間であったからであることは言うまでもないが、彼が秀吉の命に最も忠実であったからでもある。出兵にあたって、秀吉は諸将にたいして、軍紀について特に制書を下して、殺すべからず、掠奪《りゃくだつ》すべからず、放火すべからず、人をおさえ取るべからず、下人百姓らを徴発しほしいままに課役《かやく》その他非分のことを申しかけてはならぬなどと、実にきびしく訓令している。これをそのまま励行した大名らはまことに少なかったが、清正はいつもこれを遵奉《じゅんぽう》したのである。

朝鮮役がはじまって四年目、慶長元年六月、清正は秀吉の勘気をこうむり、急ぎ帰

還せよとの命令が来た。

この勘気は小西やまた在鮮軍参謀部の格で朝鮮に来ていた石田三成・増田長盛・大谷吉継《よしつぐ》の三奉行らが、色々と清正のことを悪しざまに秀吉に報告したからである。

その一つは、行長がせっかく骨折って和議をまとめ上げようとしても、清正がこれを邪魔するというのであった。

前に述べたように、清正は秀吉の意志の最も忠実な遵奉者だ。秀吉の意志が和平に傾いた以上これには最も忠実に従うのであるが、かねてから不和なだけに、清正は、行長の和議はどうやら秀吉の意志とははるかにかけはなれた屈辱的なものであるらしいことを感知した。それで色々と水をさしたらしいのである。清正記には、「せっかく小西が明を説きつけ明から日本へ和を乞う使者をつかわす運びにしたのに、その使者にたいして清正は鉄砲足軽頭三宅角左衛門・いかるが平次に命じて狼藉《ろうぜき》追剝ぎさせた」と石田が秀吉に申し上げたとある。これは他書にはないことだから、そのままに信ずるわけには行かないが、石田が全然根も葉もないことを言うはずもなかろう。軍紀厳正をきわめている清正のことだからそんな乱暴なことをさせたとは思われないが、小西や石田にとっては、和議そのものに同意はしても秀吉の意志そのままを真向正直におし通そうとした妥協のない清正の態度はいろいろ邪魔であったには相違ない。

その二は、清正が咸鏡道にいる時、明の皇帝の使者と名のる者が来て、平壌で小西が明軍に敗れて漢城へ敗退したことを述べ、日本軍はいずれも敗戦、今や朝鮮全土から一人のこらず追い落された、将軍も速かに帰国されるがよい、皇帝は将軍の軍紀厳正にして非道を行なわないことを聞かれ、帰国の船を貸してやると仰せられている、然らざれば不日に四十万の大軍を以て攻めつぶすぞ、と、威迫した時、清正が、

「小西という者は武将ではない。本来は日本の堺の町人である。外国事情によく通じている故、案内者としてつかわされたのである。それが敗走したとて、日本の武威には何の曇りもない。日本の真の武将とは、かく申す清正である。さし向けられる軍勢は四十万と申されるが、当地へは嶮しい山を越えねば寄せることが出来ぬ故、先ず日に一万が限度だ。一日に一万を討果すことは、わしにおいては何の造作もないことだ。四十日あればすべてを討取り得る。そうなった後、わしは無人の野《や》を行くごとく貴国に攻め入り、北京を陥れ、皇帝を生捕りにすること、朝鮮の二王子のごとくするであろう」

と答えて、これを文書にし、豊臣朝臣清正と署名《しょめい》して手交したことだと、清正記にある。同僚たる小西の名誉を落させるような悪口を言い、勝手に豊臣の姓を名乗ったのが不都合だというのだ。この事実も清正記にあるだけであるが、小西の悪口を言い、ほしいままに豊臣姓を名のったことが、秀吉の怒りの理由のうちに入っているのは事実だから、似たようなことはあったのであろう。思うに、行長が和議工作に熱中して

戦機を逸したり、内冑《うちかぶと》を見すかされて平壌で敵の不意打ちを食らって見苦しい敗戦を喫して日本軍の武威をおとしたりしたことにたいする怒りが、ついこんなことばとなって出て来たのであろう。

清正は内地へかえると、比較的になかのよい増田長盛の宅を訪問して、とりなしを頼むと、増田は、

「治部（石田）と仲直り召されよ。さすれば、われら明日にても治部へ申して救解申すでござろう」

という。清正はかっと激して、

「八幡大菩薩も照覧あれ、治部めとは生涯仲直りなどはいたさぬ。きゃつ、数年朝鮮に在陣しながら一度の合戦にも出ぬくせして、人の陰言《かげごと》ばかり申しまわって人を陥《おとしい》るるたくらみばかりしているきたなき奴でござる。かような奴と仲直りなど真っ平でござる。貴殿もまた貴殿だ。数年朝鮮にまかりあって昼夜苦労していた拙者がまいったのであれば、玄関までとは申さぬが、せめて次の間くらいまでは出て、『久しや、なつかしや』くらいのあいさつはあってしかるべきに、座敷にすわったまま動かず、首ばかりひねりまわしての挨拶とは、ありがたくもなし。所詮《しょせん》貴殿などのような礼儀も知らぬ人と相談してはならぬこと。向後は一切不通でござるぞ！」

と荒々しく言いすてて帰ったと、清正記にある。

清正のこの態度は相当ヒステリックだ。八ツあたりの気味がある。清正記にも、清正の家来らが、

「さてさて、物狂わしきお人かな。奉行衆の中に増田殿一人だけはじっこんにしておられたのに、これでは一筋の頼みの綱も切れた。やがてご切腹というかなしいことになるであろうぞ」

となげいたとある。石田らの仕打ちにたいしてずいぶん腹を立てていたことがわかるのである。

清正は秀吉の目通りを遠ざけられて邸に蟄居《ちっきょ》していたが、二十日ばかりの後、あの京洛の大地震があり、「地震加藤」の一幕があって、勘気赦免《しゃめん》となった。余震まだやまぬ深夜の庭上で、提灯の明りで清正を見て、秀吉は涙を流したというが、幼い時から手塩にかけた清正が数年の異国の滞陣で痩せ黒ずんだ上に、この頃の蟄居の心労で一層やつれているのを見ては、時も時であり、終生心の温かさを失わなかった秀吉としては、最もありそうなことである。

これから間もなく、秀吉は大坂城で明の講和使を引見したが、その講和条件の中に彼の要求が全然認められていないばかりか、日本にとって最も屈辱的なものであることを知った秀吉は激怒して、使節らを追いかえし、ここに二度目の朝鮮役がおこる。

二度目の朝鮮役は前役とちがって、日本軍は明の大軍に押され気味で、朝鮮南部の

海に近接したあたりにしかいることが出来なかったのであるが、それでも蔚山《うるさん》の籠城戦と泗川《しせん》の合戦とは、まことに見事だ。

この蔚山の籠城戦の立役者が清正である。

蔚山は慶尚南道の東北部、蔚山湾の最も奥まったところ、太和江の河口に近い位置にある。ここに清正と浅野幸長《よしなが》・宍戸元続《ししどもとつぐ》とが築城をはじめたのは慶長二年の十一月中旬であった。あらまし出来たところで、清正は蔚山湾口に近い西生浦城にかえったのであるが、十二月二十二日の早朝、明・韓の連合軍数十万が不意に押し寄せて来た。城普請に夢中になっていた日本軍が周囲の偵察におろそかであったのが不覚であったのだ。日本軍は直ちに応戦したが、敵せず、城に入って籠城戦にもちこんだ。敵軍は十重二十重にこれを包囲した。

この報告はその日の夜半に、西生浦の清正の許にとどいた。清正は聞きもあえず、

「わしは日本を出る時、弾正（浅野長政、幸長の父）殿に、せがれのことくれぐれも頼むといわれて来た。この危難を見すごしにしては、弾正殿に合わせる顔がない」

といいつつ、黒糸縅《おどし》の鎧を着、冑の緒をしめ、小姓十五人、使番の士五人、鉄砲二十梃、徒《かち》の者三十人をひきい、小舟に乗り、ばれんの馬印を船首におし立て、（清正記には妙法の旗とある）もみにもんで蔚山湾を馳せおもむいた。この際清正は薙刀を杖づいて船上に立ちはだかり、

「水夫《かこ》共少しでもたるんだならば、即座に海底に斬り沈むるぞ」

といい、まじろぎもせず前方をにらんでいる様、ひとえに多聞天のようであったと、当時軍中にあった大河内秀元の陣中日記に記してある。清正記ではこの時清正の船二十艘、敵の番船百艘ばかりの警戒している中を真一文字に突破して城に入ったとある。

戦いは連日行なわれ、城中の苦戦は一方でなかったが、それより城中が苦しんだのは食糧と飲料水の欠乏であった。城の普請がまだ完成していないので食糧の貯蔵はほとんどなかったので、最初から食糧難であった。城には水が少なく城外から汲んでいたのであるが、その水の手を取り切られた。夜ひそかに城外の池に汲みに出ると、敵はその池の中に戦死者を多数投げこんだので、その水は血に濁っていたという。紙を嚙み、壁土を煮て食い、牛馬を殺して食い、夜中に城外に出て敵の戦死者の腰兵糧をさぐり取って来たという。

大河内秀元の陣中日記に、

『自分は脛当《すねあて》をやめて脚絆《きゃはん》をはいていたが、そのうち脚絆が毎日ずり下るようになった。はじめのうちは気づかず、紐をむすび直しむすび直ししていたが、ある日ふと心づいて脚絆を解いてみると、足の肉がすっかりおちて、骨と皮ばかりになっていた』

とある。このような困難な籠城をしながら、清正は少しも屈する色がなかった。その頃清正と幸長とが宇喜多秀家らの在韓の諸将に出した手紙は実にみごとなものである。

『急ぎ申し入れます。去月二十二日、蔚山表へ大明軍数十万とりかけ、そのまま攻撃にかかりました。一体この城はこの寒空に際しての急普請でありますので、堀もなく、土手や塀も完成していませんでしたので、二十三日の総攻撃に早朝より四時間の合戦の後、総構えを攻め破られました。ぜひなく城中に引きこもり、本丸と三の丸とを堅固に守っております。敵は毎日攻撃して来ますが、その寄せ口には常に人塚をきずくほど多数の敵を討取っております。そのためでありましょうか、さしも大軍であった敵も殊の外に薄くなったように感じられます。残念なことに兵糧なくしてすでに絶食状態を数日つづけていますので、積極的に攻撃に出ることが出来ません。しかしながら、夜襲は毎夜して、勝利を得ています。当城は普請未完成のために兵糧のたくわえがなかったのであります。近日中にご加勢にお出でいただくことが出来ないとすれば、戦死するより外はないわけでありますが、それはそれで覚悟が出来ていますから、ご安心下さい。われわれは落城するについても、数日は必ず奮戦して敵に損害をあたえるつもりでおります。どうかそのように内地へご報告下さい』

というのだ。日付は正月一日（慶長三年）となっている。心すずしく覚悟をきめて、決して弱音を吐かない凜乎《りんこ》たる口上は男子中の男子のことばといってよいであろう。

大河内秀元の日記にはおもしろい記事がある。岡本越後守という者は以前清正の家中にいた者だが、子細あって日本を亡命して明に渡り、明の外人部隊に入っていたが、この時寄せ手の一人として蔚山攻囲軍に加わって来ていた。ある日、この者が寄せ手の軍使としてやって来て、和議をすすめた。清正は一応寄せ手の陣中に行き大将軍錫《よう》鎬《こう》に会いたいと申しおくった。するとその前日、岡本はただ一人ひそかに城門外にやって来て、

「明日の会見にはおいでにならぬように申して下され。会盟の席に力士を伏せておいて、主計頭様らを生捕らんとの密謀がござる」

と告げたというのだ。

城の囲みは、日本の大名ら十八人がそれぞれ兵をひきいてやって来て、正月四日に解けた。この最後の戦いで日本軍の討ち取った敵兵は一万人におよんだという。この籠城戦は日付にあやまりがあるのかも知れない。あまりに短いようである。

五

秀吉はこの年の八月に死んで、その遺言で外征はとりやめになり、在韓の諸軍は大体その年の末までに帰国したが、その時のこととして、清正記にこんな話が出ている。石田三成は五奉行の一人として引上げて来る諸将を迎えるために博多まで出ていた

が、諸将に、

「貴殿方伏見に上《のぼ》って秀頼様にお目通りされた上でそれぞれお国許へおかえりありたい。そして来年の秋にまたお上りあれ。その時は、茶の湯などいたして、おたがい楽しもうではござらぬか」

といったところ、清正は大きな声で、

「われらは治部少輔からお茶をいただこうが、こちらは七年の間異国にあって艱難《かんなん》し、兵糧一粒もなく、酒も茶もござらんによって、治部少輔には稗《ひえ》がゆでも煮てもてなし申そうぞ」

と、愛想もなく言ったので、三成は心に含んだというのだ。清正の三成ぎらいは深刻をきわめていたのである。

こういうわけであるから、関ヶ原役で清正が家康に味方したのは、もっとも必然なことであった。たとえ三成の挙が真に秀頼のために家康を除くにあったとしても、清正はそれを信じなかったに違いない。信ずることが出来なかったといった方が適当であろう。

ぼくは三成には佞姦陰険《ねいかんいんけん》な素質があったと見ているものであるが、もし百歩をゆずって近頃の通説に従って英雄の資質あり、また豊臣家にたいして忠誠心のあった人であるとしても、清正にたいしては彼の態度は常に腹黒いのだ。清正が三成を信ずることが出来なかったのは決して無理ではなかったと思っている。

関ガ原役の時、清正は九州にいて、黒田如水とともに東軍のために戦い、小西行長の居城宇土と属城八代《やつしろ》を陥れており、戦後、肥後一国五十四万石の領主となった。

熊本城の築城はそれからのことである。それまでにここに城がなかったわけではないが、清正はこれをうんと拡大して築きなおした。地名もこれまでは隈本といったのを熊本に改めた。隈の字は阜《おか》に畏《おそ》れると書くので、大名の居城としてはおもしろくないという理由からであった。慶長六年に着工して十二年に完成した。

熊本城はその石垣の築き方に独特のものがあり、日本の諸城郭中最も異色があるといわれている。石垣の傾斜工合には、下げ縄（垂直）・たるみ（緩勾配）・はねだしと三種類あるのだが、熊本城のはこの最後の「はねだし」で、裾がゆるやかに外に出て、その上に半弧形に積み上げる様式だ。こういう積み上げは角錘形の石の狭い小口を壁面に出し、広い小口を奥の方に入れないと出来ない。普通の石垣とくらべるとずいぶん多量に石材がいるわけであるが、そのかわり堅固でもあれば、よじのぼることも出来ず、城壁としては最も理想的なものだ。西南戦争の時、西郷軍の壮士らが、

「なんじゃこげん石垣、よじのぼるに何の手間ひまいるもんか！」

と走り上ろうとしたが、途中までのぼると、石垣の上の方が頭上にくつがえって来て空も見えないので、すごすごと下りたという。

この様式は林子平の海国兵談によると、朝鮮の城壁に多いというから、朝鮮在陣七年の間に、向うで学んで来たのであろう。

清正のことを、当時の書物に「石垣つきの名人である」と書いてある。名古屋城の天守閣は彼が一手に引き受けてこしらえたと名古屋市史にあるが、その石垣をきずく時、彼は幔幕を張ってわきから見えないようにしたという。当時としてはこういう技術は一種の軍事機密なのであるから、これは当然である。

肥後の各河川の堤防には、清正が築いたものがのこっていて、これまで決して崩れたことがないというので、肥後の人々は、

「清正公様の堤防は何百年たっても崩れはせんが、この頃出来たのは、科学的じゃのなんじゃのというても、すぐ崩れてしまいおるばい。何が科学じゃい」

といって、今日でも益々清正公崇拝熱を高めているが、この堤防も朝鮮式石垣築造法によるのではなかろうか。

清正は関ヶ原役で東軍に味方したとはいえ、豊臣家にたいする忠誠心を失っていたわけではない。関ヶ原役後、天下は徳川家に帰し、清正もまた江戸参覲《さんきん》するようになり、江戸に邸も営んだのであるが、その往来には必ず数百人の家臣を従え、大坂を通過する度に秀頼の許へごきげんを伺った。それを気にした家康は謀臣《ぼうしん》の本多正信が清正とじっこんな仲であるのを利用して、

「肥後守だがな、あれにその方の考えから出たこととして、かくかくしかじかと意見してみよ」

と命じた。

正信は清正の邸に行き、雑談のついでのようにして言った。

「拙者は貴殿にいつかおりを見て申したいことがあるのですがな」

「ほう、何でござろう。うけたまわりましょう」

「三カ条ござる。その一つは、唯今では中国・西国の大名衆は船で大坂に着かれると、そのまま駿府へなり江戸へなり参らるるのが普通でござるが、貴殿は以前とかわらず、先ず秀頼公のごきげんを伺い、しかる後にこちらにお出でござる。大坂の方を重しとしていられるかに見え申す。おためによろしくないことではござるまいか。その二つは、天下太平の今日では、諸大名衆いずれも参観の節に召具《めしぐ》せらるる家来の数をへらしていなさるのでござるが、貴殿には昔と変りなく多数をお従えでござる。殊の外に目に立ち、何とやら殺伐《さつばつ》に見え申す。三つは、当今は大名衆の顔にひげ立てらるるはなく、皆々きれいに剃りおとしていなさるが、貴殿は口ひげあごひげともにお立てでござる。殿中総出仕のおりなど、これまたまことに異風殺伐に見え申す。いずれも世間なみでないこと。世間なみにいたされてはいかが」

清正は答えた。

「拙者はご承知の通り、故太閤の一方ならぬ恩情によって成人いたした者でござる。御当家の世となって肥後一国の領主という大身になりましたことなれば、御当家の厚恩は忘れはいたさぬが、さればといって昔の恩を忘れるような軽薄は武士としていやでござる。次に参覲の従者のことでござるが、なるほど供の人数が少なければ費用もかからず、そういたしたくはござれども、拙者本国は遠くござる。万一にも急御用など差しおこりました節、時を移さず御用をつとめるためには、常に多数召連れている必要がござる。次に、第三のひげのこと。拙者も剃りおとしたらば、さぞさっぱりと気味よいことであろうとは存ずるが、若き頃より合戦にのぞんで、このひげ面に頬当《ほほあて》をいたし、冑の緒をしめる時の心持よきこと、今に忘れられませねば、これまたおことばに従い難うござる。折角のご忠告を一つも用い申さぬこと、心苦しくはござるが、以上の次第なれば、おゆるし下されとうござる」

さすがの正信もあきれて、二の句がつげず、かえって家康に復命すると、家康もあきれ、

「清正どのが」

と笑ったという話が、駿河土産という書物に出ている。愚直なまでな清正の誠実さと、古武士ぶりと、豊臣家にたいする忠誠心とがよく語られている話である。

慶長十六年三月、家康は上洛して二条城に入り、織田有楽斎《うらくさい》を通じて秀頼の上洛を

うながした。秀頼はこの年十九になっている。家康としてはこれによって成人した秀頼の徳川にたいする気持を打診する気持もあったろうし、もし応じなかったら、これを口実にして武力に訴える気持もあったろう。大坂陣のわずかに三年前のことだ、老先き短い家康としては目の玉の黒いうちに豊臣家を何とかしておきたい気持があったと考えた方が自然だ。

もちろん、豊臣家としては、かつては江戸の爺《じい》といっていた家康などに呼びつけられて上洛することは、格式をおとすようでしたくない。秀頼もそうであったろうが、淀殿はなおそうだったろう。一体いつの時代でも後家さんは頑固なものだ。現実の情勢がどう変化しようと、法律的に認められている権利は一毫《いちごう》も失うまいとし、おやじの生きていた頃の格式は一分も落すまいとするのが常である。豊臣家の悲惨な最後は、淀殿という後家さんが家の主宰者《しゅさいしゃ》であったところに最も大きな原因があるとぼくは見ている。秀頼だけであったら、天下は実力ある者の天下であるべきで、天下取りの息子だというだけの理由で、実力のない自分ごときが心掛くべきでないと理解し、早や早やと大坂城を明け渡してどこか他に五、六十万石の領地をもらって引き移っただろうと思う。そうすれば、あの悲惨な最後はないはずだ。

とにかくも、豊臣家では上洛することを不見識として、なかなか煮え切らなかったが、これを危険と見て、清正は福島正則や浅野幸長と百方説得して、ついに上洛させる運びにした。

この時、三人は相談して、福島は万一の時の用心に病気と称して大坂に留守居し、清正と浅野とが秀頼の乗物の両側に菖蒲革《しょうぶがわ》のたっつけ袴をはき、大きな青竹の杖をついて徒歩で従ったという。とりわけ清正に至っては、士分の者五百人を小者のいでたちをさせて京都と伏見の町々に潜伏させ、自らは二条城では丸腰にならなければならないので、ふところに短刀を秘めていたという。

会見があってから三カ月目、六月二十四日、清正は熊本で死んだ。

清正の死については、古来毒殺説があるが、続撰清正記は別に毒殺とは言っていない。二条城のことがあった翌々月下旬、熊本に下ったが、途中の船から病気になり、熊本にかえりついて二、三日すると舌も不自由になり、次第に重くなって死んだとだけ書いてある。

ところが当代記には、清正の死はひとえに好色の故、虚《きょ》の病いであったと書いてある。虚の病いとは腎虚《じんきょ》のことだ。

ぼくには一説がある。梅毒だったのではないかと見ているのだ。彼がレプラで死んだという伝説は古いものだが、この時代はレプラと梅毒とが混同されていることが多い。前に伊達政宗伝で、清正が政宗にならって歌舞伎の遊女を上方から国許に招いて、歌舞伎の興行をしたことを述べた。もとよりこれは壮心すでに銷磨《しょうま》したことを徳川家に示して家の安泰を保つための策だったのだが、策は策としても、当時の歌舞伎遊女は単に伎芸を売るだけのものではなく、売春婦だ。清正としても大金をかけて呼び下した以上、その面で使用しないはずはなかろう。大いに豪興《ごうきょう》をのべたに相違ない。感染の機会は大いにあったわけだ。梅毒は当時新渡《しんと》の伝染病で、日本人にまるで抵抗素がなかったので、大流行をきわめ、一度感染すれば奔馬のごとくからだを冒し、この病気で死んだ大名は少なくないのである。浅野幸長・大久保石見守長安・結城秀康皆そうだ。単に罹病《りびょう》していた大名は、黒田如水のことはすでにその伝で述べたが、家康も、本多正信もそうだったという。続撰清正記によると、清正が歌舞伎遊女を熊本に呼び下したのは前後二回あるが、最初の女の名は八幡の国、二度目のは兵助・長介《ちょうすけ》・清十郎・金作の四人であったという。

清正は豊臣家にたいする恩義はいささかも忘れはしないが、家の安泰ということにも、神経質なまでに気を配っている。江戸に宏壮な邸宅を営んだというのもそれだ。諸大名が江戸に宏壮豪華な邸宅を営むことは、徳川家にたいしていつまでも奉公しようとの心の表われと見て、徳川家は喜んだので、諸大名みな邸宅経営を競ったのだが、清正の邸宅の見事さはとりわけ当時の人々をおどろかした。彼の屋敷は三宅坂の旧参謀本部（現在・最高裁）のところにあったが、玄関から表の間は全部金ぱくをおいた襖に絵が描いてあり、外まわりの総長屋の軒まわりの丸瓦には金の桔梗《ききょう》の紋所が打ってあり、夜中でも光って見え、その門は矢倉門で桁行《けたゆき》十間あまりもあり、小馬ほどの犀《さい》（一書では虎）五匹が彫物《ほりもの》されて金が泥《だ》みてあったが、それが朝日にかがやいて品川沖に反射して、魚がおそれてよりつかず、漁師らがこまったとある。

名古屋城を家康が営んだ時、家康はこれを外様《とざま》大名の手伝い普請にした。当時やたらに城の手伝い普請が多かったので、直情径行の福島正則は、池田輝政が家康の女聟であるので、不平を言った。

「こう毎年お手伝いを仰せつけられては、費用も労力もかなわん。おことは大御所の聟じゃ、ちと申し上げてほしいの」

清正はひげをかきなでながら、正則をたしなめた。

「これこれ、気をつけて口をきけい。そんなにお手伝いがいやなら、国にかえって謀《む》叛《ほん》の企てでもするがよいぞよ」

正則はハッとして口をつぐんだという。

清正が特に乞うてこの城の天守閣を一手普請にしているのも、石ひきに毛氈で包んだ巨石を青い大綱でからげ、ひき綱をつけ、その石上に自ら伊達な装束《しょうぞく》をし、片鎌槍を杖づいて立ち、花のように着飾らせた美少年を左右に数人ならび立たせ、大音声に木やりを唄ってひかせたので、人々が群集して市のように賑わったというのも、皆その狙いは一つ、徳川家のきげんを取るにあったのだ。この時、清正の宿所は織田家

の菩提寺である万松寺であったので、人々は小姓たちにたいする恋慕の情を、

およびなけれど
万松寺の花は
おりて一枝
ほしゅござる

と唄ったという。

誠実な彼は、勢い日におとろえて行く豊臣家にたいする憂慮《ゆうりょ》と、自分の家の安泰を望む気持の間に、苦しみなやむことが一方でなかったに違いない。彼が江戸往来の船中で論語を読みながら朱点を加えているのを、清正が可愛がって飼っていた猿が見ていたが、彼が厠《かわや》に行った間に、主人の真似をして書上に縦横に朱をなすくったところ、清正はかえって来てニコリと笑い、

「おお、おお、そちも聖人の教えが知りたいのか」

と言って、頭を撫《な》でたという話は有名だが、論語を読む気をおこしたのは、悩みにたいする解決をもとめたためだと解釈することが出来よう。激烈果断を儒教の教えはきらう。二律背反的な条件があれば、そのいずれにも偏しない中庸《ちゅうよう》中正の道のある

ことを教えるのが儒教だ。彼はそれを知って論語を愛読するようになったとぼくは解釈している。

しかしながら、大坂の役の時まで彼が生きていたらどうであったろう。彼が健在であれば家康もあのように辛辣《しんらつ》無残な言いがかりによって戦争をはじめるようなことは先ずなかったとも思われるし、事情が切迫する前に、何か適当な方法を豊臣家のために講じたであろうとも思うが、それでも家康が無理におし切ったとすれば、清正のなやみは、もう論語ではどうにもならなかったろう。先立つこと三年にして死んだのは、清正の幸福であった。

一般庶民の間における清正の評判はその生前すでにすさまじいものがある。武張った空気の時代だから、前に述べた雄偉《ゆうい》な風采や朝鮮役における武名によることもちろんであるが、一つには彼が日蓮宗の熱心な信者であったことにもよろう。彼の評判は江戸において特に高く、人々は、

江戸のもがりに
さわりはすとも
よけて通しゃれ
帝釈《たいしゃく》栗毛

と、彼を讃歌したという。関東は日蓮宗の盛んなところだ。

帝釈栗毛は彼の乗馬で、たけ六尺三寸あったという。当時の普通の馬は四尺を常尺としてそれをこえると七寸《ななき》、八寸《やき》などといったのだ。六尺三寸というばけものみたいに大きな馬だったわけだ。それに乗った清正の雄姿は想うべきものがある。江戸人らは神人を仰ぐような気持で仰ぎ見たろう。

ついでだから書いておく。清正は朝鮮在陣中現地人から鬼《き》上官とあだ名されたと伝えられ、それは彼の猛勇によると解釈されているが、ぼくの見るところではちがう。これは彼の長烏帽子形の冑から来たあだ名だと思う。中国芝居を気をつけて見ていれば気づくことだが、中国の幽霊は必ず長烏帽子形の冠をかぶっている。また「鬼」は漢字本来の意味は「幽霊」だ。日本でいう「おに」は中国では「夜叉」である。つまり、鬼上官とは幽霊将軍の意味だと思う。ほめたことばではなく、恐れ忌《い》んだことばであろう。

彼は今日でいえば師団長格としての軍人なら最も理想的な将軍、民政家としてなら最も理想的な知事であったろう。しかし、それ以上の器局はなかったろう。

伊達政宗

独眼竜由来

中国五代の時代の後唐《こうとう》の第一世昭宗《しょうそう》は本名李克用《りこくよう》、元来はトルコ種の蕃種である。父が唐に仕えて将軍となり、軍功を積んだので、唐の帝室の姓「李」を授けられたのである。克用は幼少にして片目になったが、射術の名手で、仰ぎ射て一箭《せん》よく双鳧《そうふ》をおとしたといわれる。若い時、父が謀叛《むほん》して戦い敗れたので、父子いのちからがら韃《だっ》靼《たん》部落に逃げこんで数年をすごしたが、韃靼人共がいつ心がわりして自分に危害を加えるかも知れないと思ったので、彼等と狩猟に出た時には、時々樹枝に糸をもって針を懸けたり、百歩の外に馬鞭を立てたりして、一発してこれを射切って見せては、この精妙な射術を持つ自分を敵とすることがいかに危険であるかを示したという。

その頃、彼は驍勇《ぎょうゆう》をうたわれながらも「李の小せがれの目っかち」と言われていたが、後にえらくなると、人々は「独眼竜」と呼ぶようになった。

これが、隻眼《せきがん》の豪傑を独眼竜と呼ぶようになった由来。

一

伊達政宗は片目であったというので名高い人だが、政宗の廟所《びょうしょ》である仙台の瑞鳳《ずいほう》寺《じ》にある木像は、りっぱに両眼をそなえているという。一方、松島の瑞巌寺にある木像は片目だという。年代は、いずれも古い。瑞鳳寺のは歿後すぐに出来たのであり、瑞巌寺のは十七年忌に出来たのである。だから、木像だけでは、両眼健在だったか片目だったかわからないのである。現に幕末から明治初年にかけての大儒安井息軒なども、その紀行文の中で、「隻眼であったとの言い伝えは間違いなのではなかろうか」と書いている。

しかし、これについては、大正年代に伊達家から出した「東藩史稿」の中で、「治家記録」なる書物をひいて、説明している。

つまり、瑞鳳寺の木像は「わしの死後木像など造るなら、両眼をそなえたものにするように」という政宗の遺言に従って造られたのであり、瑞巌寺のは真影《しんえい》のほろびるのを憂えて、ありのままに造らせ、人目にふれないように瑞巌寺の奥殿深く安置してあったのだという。

今日では、瑞巌寺の政宗像は拝観料さえはらえば誰にでも見せてくれるし、政宗のことを書いた書物には大てい写真となって出ていて、一向めずらしくなくなったが、息軒の頃には見せなかったのであろう。

「東藩史稿」の引く「治家記録」には、政宗は疱瘡《ほうそう》の毒が入ったために片目になったのだとあるが、このようになったことが彼の性格を決定し、彼の運命を決定する上に、重大な原因をなしているようである。

梵天丸《ぼんてんまる》と称した少年時代、彼は性質が間《ま》のびして、はにかみやで、ややもすれば赤い顔をしたので、家臣等は将の器《うつわ》でないとし、母の最上《もがみ》氏も彼を愛せず、弟の竺丸《じくまる》（後に小次郎）を偏愛したと、「東藩史稿」に記述してある。

この母刀自《ははとじ》は男まさりで悍婦《かんぷ》ともいわるべき性質の人であったようだ。後年のことだが、小次郎に伊達家をつがせたがって政宗を毒殺しようとまでしている。片目で醜怪な顔をしている上に、男たるものは強いが上にも強く、はげしいが上にもはげしくなければならないとされている時代に、引っこみがちで、うじうじと赤くなってばかりいるようでは、気に入らなかったのも無理はない。

「おりこうだこと、おりこうだこと」

と、目を細くして竺丸の童髪を撫《な》でている最上氏が、ふと庭の隅から片目を陰気に光らせながら、うらやましげにこちらを見ている梵天丸に気づいて、たちまち不機嫌な顔になり、

「情ない子！　何という子でしょう！」

とつぶやく様子が、ありありと想像されるではないか。

この梵天丸の性行は、自らのみにくい容貌を恥じる劣等感から生じたものとは考えられないであろうか。

後に彼は天下の諸侯中第一の英雄的人物といわれ、将軍や諸大名の尊敬の的となり、年も七十になってから死んだのであるが、しかもなお、木像を造るなら両眼具備したものにしてほしいと遺言したほど、片目であったことを気にしているのだ。この推察はあやまっていないと思う。

さて、こうした中で彼の本性《ほんしょう》の底にひそむ英邁《えいまい》さを見ぬいていたのは、家臣では片倉小十郎景綱だけであったというが、父の輝宗もまたその目を狂わせていなかったようだ。決して彼を廃嫡《はいちゃく》しなかったのだから。

彼の幼時の逸話として伝わっているのは、五歳の時寺詣《もう》でしてのあの有名な話である。寺に祀《まつ》ってある不動明王の像を見て、梵天丸はおどろき、

「このおそろしい顔をしているものはなんじゃ」

と言ったところ、寺僧は答えた。

「不動明王という仏さまでございます」

「仏さま？　仏さまはやさしく情深いものというではないか。これは鬼のようにおそ

ろしい顔をしているぞ」

「不動明王のお姿はこのようにおそろしゅうございますが、それは世の中の悪いものを懲《こ》らしめなさるためでありまして、お心のうちは大へん情深く、正しい人をいとしがっておられるのでございます」

と、坊さんが説明すると、梵天丸はうちうなずき、

「そうか、よくわかった。大名のお手本になる仏さまじゃな」

と言ったので、坊さんは年に似げなき利発《りはつ》さに驚いたというのだ。

見当だけのことだが、これは疱瘡《ほうそう》にかかる前のことであったろう。子供が劣性コンプレックスを感じはじめたら、なかなかこうは行かないものだ。

話があと先きになったが、当時伊達家は米沢の領主であった。

天正五年十一月、元服して藤次郎政宗と名のる。十一歳であった。

政宗という名は、伊達家ではゆゆしいものになっている。この政宗から八世の祖に大膳大夫政宗という人物がいた。足利三代の将軍義満の頃の人だ。武勇すぐれていたばかりでなく歌道にも達し、新続古今集《こきんしゅう》が勅撰される時、「山家ノ霧」という題で、

山あひの霧はさながら海に似て
波かと聞けば松風のおと

「山家ノ雪」という題で、

なかなかにつづら折りなる道たえて
　雪にとなりの近き山里

という歌を詠《よ》み、

かき捨つる藻塩《もしお》なりともこの度は
　かへさでとめよ和歌の浦人

という歌をそえて送ったという。このように文武両道に達したなかなかの人物であったので、付近の豪族等が皆服属し、伊達家の黄金時代をつくったと伝えられている。その名をつがせたのである。輝宗が尋常ならずこの片目の子の将来に嘱望《しょくぼう》していたと見てよいであろう。

政宗は一応辞退した。

「御先祖政宗公は文武両道の達人でおわしたと申しますのに、拙者ごときがお名前をつぎましては、名誉あるお名前をけがすことになりはしますまいか」

輝宗は言った。

「けがさぬようにつとめるがよい」

父のことばは、少年の肺肝《はいかん》に徹したろう。

「はッ」

平伏して、この名を受けた。

「身材長大、ほとんど成人のごとし」とあるから、十一でもりっぱなからだに成長しているのだ。この年頃では、からだの発育と精神の発育とは大体において正比例する。コンプレックスはあっても、それは胸の奥深く包みこまれて、豪邁《ごうまい》なところが出て来はじめていたにちがいない。

七年冬というから、十三の冬だ。三春《みはる》の田村家から嫁が来た。数え年十三というと、現代では小学六年生だが、昔は肉体的にも精神的にも人のおとなになることが早い。しからずとしても、政略の意味もある結婚だ。セックスのことは第二義としてよい。

初陣はその翌々年五月であった。どことの戦いであったかは記録がない。戦国の世だ。小ぜり合いはしょっちゅうのことだ。その小ぜり合いの一つであろう。

十八の年の秋十月、家督を譲《ゆず》られて当主となった。この時輝宗はまだ四十一だ。男ざかりの年、しかも病弱というではないのに、どうしてそんなことをしたのであろうか。「奥羽永慶軍記」には、政宗が年若にも似ず、文武の道に秀で、政道おろそかでなかったので、「遺領を譲り、その身は閑居をぞせられける」とあり、その他の書物には理由を明記していない。

ぼくは永慶軍記の説にある程度賛成する。

家督をゆずっても心配のない人物でない以上、まだ少年といってもよいほどの者に世をゆずるはずはない。しかし、それだけではなかったろう。

前に述べたように、政宗の母刀自は政宗をきらい、弟の竺丸を偏愛し、この時から五、六年後には、実家の兄最上義光《よしてる》と通謀して、政宗を毒殺しようとしているほどだ。必ずや、おりにふれては輝宗に、

「藤次郎の器量では、このけわしい世に家を立てて行くことは心細うございます。竺丸をお立てなさるよう」

と口説き立てたであろう。それにつれて夫婦の口争いもしげしげとおこり、家中の人心も動揺したろう。それやこれやで、輝宗が、

「いっそのこと藤次郎に家をつがせてしまおう。さすれば奥もあきらめようし、家中の者共の心もおちつこう」

と決心したと考えてもよいかと思う。

それかあらぬか、輝宗は政宗に家督をゆずり渡すと、自分は米沢から西北二里半の

地点にある小松城に引き移った。ここは最上氏の本城山形にたいする備えになるところである。

二

政宗生涯のうちの最大の悲劇は、この家督相続に関係しておこった。しかし、それは母刀自《ははとじ》に関してではなかった。

政宗が家督を相続したことを披露《ひろう》すると、近隣の伊達家に服属している小豪族等は皆祝賀の意を表するために米沢城に来たが、その中に塩ノ松《しおのまつ》の領主大内備前守定綱という者があった。塩ノ松は四本松とも書き、小浜にその城があった。二本松の東南方二里の地点にある。

この大内定綱という男は、父の代から伊達氏に服属していたのであるが、この男の代になって離反して田村氏に属し、さらに田村氏を離反して、この頃では会津の蘆名氏や常陸の佐竹氏に志を通じている。強国の間に介在している戦国の小豪族としては、こうしなければ保身出来なかったのであるが、それにしてもあまりにあざとすぎて、評判の至って悪い男であった。

「ふうん、不思議なやつが来たの」

政宗も一応警戒はしたが、追いかえしも出来ず、面会すると、定綱の言うことがはなはだ殊勝だ。

「拙者これまで悪い料簡でありました。父以来の御厚恩を打ち忘れて不奉公をいたしました段、申訳次第もございません。これからは以前にかえりまして、忠誠を抽《ぬきん》でたく存じますれば、帰参のこと、おゆるし下さいますよう」

政宗はこれを許した。

「その方の申す通り、これまでその方のすることは言語道断であった。ゆるし難い者ではあるが、前非を悔いて帰参したいというのを、無下《むげ》にもされぬ。以後専心に奉公するならば、聞きとどけてつかわそう」

「ありがたきおことば、感泣のほかはございません」

定綱は三拝九拝して、お礼を言い、

「つきましては、唯今より当御城下に相詰めて御奉公いたしたく存じますれば、当地に邸地を給わりたく存じます。妻子を引連れて当地に移りたいと存じます」

と嘆願した。政宗はこれも聞きとどけて、邸地をあたえた。

定綱は、政宗の家臣遠藤山城の宅に泊まって、もらった邸地に縄張りし、工事にかかったが、間もなく雪が来て、工事は出来なくなった。定綱は米沢で正月を迎えたが、しばらくすると、政宗の前に出て言った。

「雪が深くなり、普請が出来ぬようになりました。一旦帰って、妻子を召連れてまいりたいと存じますれば、お暇をいただきたく存じます。つきましては、蘆名家や佐竹家には、この数年恩になっていることでございます。挨拶もし、礼も言いして、縁を切ってまいりたいと存じますれば、少し長くかかると存じますが、この点お含みの上、お暇たまわりますよう」

行きとどいたことばだ。政宗はこころよく暇をやった。

定綱は小浜に帰って行ったが、それっきり、何の音沙汰もない。深い雪が消えて、百花一時にひらく雪国の春が来たが、うんだとも潰《つぶ》れたとも言って来ない。定綱の奏《そう》者《しゃ》（とりつぎ）をつとめ、その米沢滞在中の宿元であった遠藤山城は気が気でない。使いを度々小浜へつかわして言ってやると、最初のうちは、

「やがてまかり出るでござろう」

と返事していたが、しまいには、

「いやでござる！」

とケンもほろろな返答になった。

遠藤は仰天《ぎょうてん》して、政宗に報告した。政宗も怒り、輝宗も怒ったが、おさえて、老臣株の片倉意休《いきゅう》・原田休雪《きゅうせつ》の二人をつかわして、おどしたり、すかしたり、色々と教訓したが、定綱はきかない。

「いやでござる。お腹が立つなら、御斟酌《ごしんしゃく》はいらぬ。弓矢を以てお懲《こ》らしあれよ。滅亡覚悟でござる」

と極端なことを言う。

これは定綱の予定の筋書であった。家中の者に心服されていない政宗が弱年にして家をついだと聞くと、蘆名家ではこの機に乗じて伊達家をはかる計画を立て、定綱に命じて様子をさぐるために帰参を申しこませたのであった。定綱としては、数カ月を米沢で送って偵察すべきことは全部偵察してしまっている。ケンもほろろなのは当然であった。

腹は立つが、伊達家は武力に訴えるわけには行かなかった。くわしい事情は不明でも、こんなに手強く定綱が出るのは、その背後に蘆名家か佐竹家があるのを頼みにしているからだくらいの見当はつく。定綱を伐《う》てば、必ずこの背後の勢力が乗り出してくるに相違ないのだ。不問に付することも出来ない。年の若さを見くびり、甜《な》められたことになり、それは新当主の威を落し、せっかくつき従っている豪族等に離反の念をおこさせるおそれがある。

そこで、また片倉と原田をつかわす。

「自身が移ることがかなわぬなら、人質だけでもさし出されてはどうだ」

一応の面目さえ立てばよいと、大いに譲歩したのであるが、定綱はもう足許を見ている。空うそぶいた。

「真ッ平でござる。拙者はすでに帰参をやめたのでござる。家来とならぬものが、何しに人質など差出す要がござろうや」

のみならず、定綱の一族の大内長門という者は、使者等にむかって、

「瓜《うり》の蔓《つる》には瓜がなり、瓢簞《ひょうたん》の蔓には瓢簞がなり申す。この数代、伊達家の弓矢がどんなものであるか、われらようく存じておる。藤次郎様がお腹立ちなればとて、当家を御征伐になれぬことはわかり切ったことでござる。鼠が猫をとったという話は聞いたことがござらぬでな」

と嘲弄《ちょうろう》した。

片倉と原田は激怒し、素ッ首斬りわってくれようと思ったが、老人だけに怒りをおさえた。

「いずれが鼠で、いずれが猫であるか、弓矢の上で見ていただこうぞ！」

と答え、席を蹴って引き上げた。

三

報告を受取って、政宗も、輝宗も、腸《はらわた》の煮えかえるような怒りを覚えたが、定綱

を攻めるのは、どう考えても策の得たものではない。色々内偵してみると、蘆名が黒幕になっていることが判明した。

「あんのじょうだ。よし、蘆名を攻めよう。蘆名を攻めつければ定綱の勢いの屈するのは目に見えている」

と、思案した。

蘆名家と伊達家は姻戚の間柄だ。蘆名家の先代盛隆の夫人は輝宗の妹だ。即ち政宗には叔母なのだが、背に腹はかえられない。

『もとはといえば、蘆名家が不忠者の定綱を誘引保護《ゆういんほご》したればこそおこったことだ。姻戚のよしみを踏みにじり、先ず敵意を示したのは蘆名の方だ』という名目も立つ。

会津攻略にかかり、蘆名家の家臣を味方に引き入れたりなどして色々工作もし、兵をくり出しもしたが、うまく行かない。

感心されるのは、この忙しい間に、遠く豊臣秀吉に書をおくっていることだ。もっとも、伊達家は代々こういう外交にはぬけ目がなく、足利将軍の存在している頃には足利将軍に、信長の威勢が盛んになると信長に、信長が亡んで秀吉の勢いがよくなると秀吉に、奥州名物の馬や鷹を贈って機嫌をとっている。おどろくのは、駿府の徳川家康とも、小田原の北条氏とも音物《いんもつ》の交換をしている。天下の形勢がどっちにどうころんでも損をしないようにかねてから周到に手を打っているのだ。奥州の片田舎にいながら、あざやかな外交手腕といわねばならない。この時秀吉は関白になってはいたが、まだ徳川家康とはにらみ合いの状態にあり、九州も征服していない。

半歳の間会津をはかってうまく行かなかったが、不意に兵を大内定綱のこもる小手森《こてもり》城に向けた。小浜の東北方二里にある城だ。定綱はかたく守って出て戦おうとしない。そのうち、蘆名氏と二本松城主畠山義継とが援兵をくり出して来た。間もなく、日が暮れかけて来た。戦うにはおそろしく困難かつ危険になって来た。

政宗は引き上げにかかったが、敵もさるもの、城兵と援軍とが呼応して、挟撃《きょうげき》の気勢を見せる。

政宗は生涯の運命の岐路に立ったことを痛いほどに感じたろう。元来が心服している家来共ではない。ここでしくじったら、一ぺんに離反し、政宗の運命は一路転落のほかはないのだ。必死の形相になったろう。

「引き上げはやめだ！　戦うぞ！」

隻眼を炎のように燃え立たせ、隊を三つに分ち、一隊は城兵にあたらせ、一隊は援軍にあたらせ、一隊は自らひきいて中間にあり、形勢に応じて前を救い、後ろを突くことにした。散々に戦ったが、まだ勝敗は決しなかった。

そのうち、政宗は城兵の少なからぬ部分が、戦いに夢中となってやや遠く城門を離れたのを見ると、素速くその横に出て、かねてから左右を去らせず召しつれている五百人の鉄砲隊に命じて、一度にドッと射《う》ち立てさせた。

城兵らが乱れ立って城門に引きかえし、逃げこもうとすると、こんどはその城門口に銃火を集中させた。つめかえ、こめかえ、炎を吹きつけるよう。やにわに、五十余人打ちたおした。城兵らは周章狼狽《しゅうしょうろうばい》、城に入ることが出来ない。くずれ立って、南へそれて敗走した。

政宗は、この後三日かかって城をおとし、城中の男女八百余人、撫《な》で斬《ぎ》りにしたが、当の定綱は最初の日の夜、ひそかに城を脱出して小浜の本城に逃げかえっていた。この城攻めの最後の日、小手森《こてもり》城にこもる兵らは降伏を申しこんだが、政宗は許さないで、力攻めで攻めおとして、男といわず、女子供といわず、一人ものこさず斬って捨てている。政宗にとっては、人々のおのれにたいする認識を改めさせなければならない戦いだ。猛烈な上にも猛烈にふるまわなければならなかったのであろう。

一月ほどの後、政宗は小浜城におしよせたが、定綱は伊達軍の到着前に城をすてて二本松に走り、畠山氏に身をよせた。

「ここに於て塩ノ松 悉《ことごと》く我が有となる。公（政宗）小浜に入る。逗留数日。近郡悉く震ふ」

と、東藩史稿にある。政宗の威名が大いにあがり、人々の政宗を見る目が改まったことがわかるのである。

政宗はあくまでも定綱を追求し、二本松城を攻めようとした。

畠山義継は恐れて、伊達実元《さねもと》に泣きついて降伏を申しおくった。実元は輝宗の叔父だが、この頃は息子の成実に家督をゆずって、八丁目城に隠居していた。八丁目は今の松川だ。松川事件で名高いあの松川。二本松からわずかに二里しか離れていないので、かねてから二人の間には交際があったのだ。

「拙者家は、代々伊達家を頼んで身上を立ててまいったのでござるが、田村家をうらむことがあって、蘆名と佐竹とに一味いたしました。しかしながら、以前輝宗公が相馬家と弓矢におよばれました時には、二度も出陣して御奉公いたしております。これらのことを思召して、身上別儀なくお立て下さるよう嘆願いたしとうござる」

という口上であった。

実元はこれを政宗にとりついだ。政宗は、

「相馬陣に来て味方してくれはした。しかし、こんどは定綱と一味して、小手森に出陣して敵対している。また逃げてきた定綱をかくまっている。それでゆるしてくれとは虫がよすぎるぞ。本心からの降伏とは思われん」

とはねつけた。

義継は哀訴《あいそ》嘆願《たんがん》してやまない。

「しからば、降伏をゆるしてやろう。しかし、条件がある。先ずせがれを米沢に人質として差し出すこと。次に所領は北は油井川《ゆい》まで、南は松田川までの間の五カ村として、余は当方に召上げる。それを承諾ならば、許そう」

義継は承諾しなかった。

「せがれを差し出し申すことは、仰せ下さるまでもなくそういたす心組みでいましたが、所領を五カ村にかぎるとはあまりにむごうござる。二分して、半分いただきとうござる。五カ村くらいの所領では、家来共を養うことも出来ませぬ。今日まで召使って来ました家来どもを乞食《こつじき》、飢死《ひじ》にさせますも不びんであります。お情をいただきとうござる」

政宗はきかない。

「それで気に入らずばそれまでのこと。攻め潰《つぶ》すまでのことだ」

四

義継は輝宗の宮森の陣所に行って、輝宗に嘆願した。宮森は小浜の内にある。

「そなたの申すことも道理には聞こえる。しかし、わしはもう隠居しているのだ。一応とりなしてはみるが、うけあいは出来んぞ。親じゃからよく知っているが、なかなかきつい男での」

といって、輝宗は義継を自分の陣所へおき、小浜城へ行った。この時の模様は、伊達成実の成実日記（伊達日記ともいう）にくわしい。成実はその場に居合わせたばかりか、使者となって義継のところへ行っているのである。それによると、輝宗は別段義継のためにとりなしてはいない。台所に家老らを集めて、「義継御詫言の様子御談なされ候」とあるから、何と返事したものかと相談しただけである。政宗の意志は輝宗の意志でもある。こうあるのが当然であろう。

その結果、拒絶ときまって、成実が使者にえらばれて、義継のところへ行く。

義継は拒絶の返事を聞いて、愁然として言った。

「しからば、拙者家来共をこれまでの知行をもってお召抱えいただくわけにはまいりますまいか」

「それもならぬとの仰せでござる」

義継はしばし無言の後、言った。

「いたし方なきこと。こうして拙者がここに伺候《しこう》いたしましたのは、仰せならば切腹いたすもよしとの覚悟でまいったのでござる。何分にも御意次第でござる。しかしながら、とにかくも、こうして助命下され、畠山の家を立ておき下されるのでござれば、両殿様へお目見えして、お礼言上いたしたいと存じますが、おゆるしいただけましょうか」

「御意をうかがいました上で、御返事申すでありましょう」

と答えて、成実はしおしおとかえって行く義継を見送って、小浜城に引き上げた。

義継の願いごとを言上すると、さすがに気の毒になったのであろう。輝宗も政宗も、

「会ってとらせよう」と答える。

成実はこれを二本松に知らせてやった。

翌日、午後の二時頃、義継は成実の陣所へ来、そこに輝宗と政宗が来て、灯ともし頃までいて、いろいろな話をして、父子も義継もかえって行ったが、その翌日、即ち天正十三年十月八日だ。

この日、早朝から政宗は鷹狩《たかがり》に出かけたが、それとほとんど入れちがいに、義継の使いが成実の陣所へ来た。

「われらの家の立つことができましたのは、ひとえに輝宗公のお骨おりでござる。返す返すもかたじけなく存ずれば、お礼言上のため、宮森へまいる途中でござる。これをおわって帰りましてから、せがれを米沢へつかわしたいと存ずる」

という口上だ。

昨夜お礼に来て、またお礼に行くという。成実はいぶかしいとは思わなかったのであろうか。成実日記にはその点については何ら記するところがない。思ったにしても、瞬間に消え去ったのであろう。大災厄《だいさいやく》の時にはえてしてそういうものだ。ともかくも、

成実は大急ぎで支度して宮森へ出かけた。

宮森の陣所では、家老等が数人集まって、二本松まで征服し得たことの祝辞を言上して、さんざめいているところであった。そこへ義継が到着して、成実を呼び出し、伺候のことを告げた。成実は輝宗の前に出て、これをとりついだ。

「会ってとらせよう。連れてまいれ。家老共を連れて来ているなら、それも連れてまいれ」

義継は多数の供の者を連れて来ている。その者共は陣所の門を入ったところにのこし、家老三人だけを連れて中に入った。輝宗は左右に老臣や家来らを居流れさせて会った。

何も御雑談もなく立った、と成実日記にあるから、お礼のことばだけ言上して、義継は立ったのである。

「重ね重ね、念の入ったことだな。重畳《ちょうじょう》に思うぞ」

輝宗はゆっくりと立って、送って出る。この陣所は、多分用心のためであろうが、陣屋の入口から門までの通路は左右に頑丈な竹垣を結い、二人とはならんで歩けないほどに狭いのである。そのせまい通路を、義継の家老三人が先きに立ち、次に義継、次に輝宗、そのあとに伊達家の家来等という順序で、門に向った。

垣根を出はずれると、義継の家老等はひざまずき、両手を地についた。義継もひざ

まずいて両手をつき、

「過分のお骨折りをいただきましたばかりか、おんみずからわざわざのお見送りたまわり、かたじけなく存じます」

と、礼を言っていたが、突如としてはね起きるや、左手に輝宗の胸ぐらをとらえ、右手に脇差をぬいて、胸先におしあてた。同時に、義継の家老等は輝宗の背後にまわって、刀を抜き放った。

伊達家の家来は仰天《ぎょうてん》し、駆けよろうとしたが、路はせまし、あわてふためいている間に、少し離れて待っていた義継の家来どもがそれぞれに抜刀してとりまいてしまった。

「門を打てい！　門を打てい！」

と絶叫したが、おりあしく門番も居合わせなかった。

義継らはあわてずさわがず、悠々と二本松さして引き上げて行く。伊達家の者どもはどうすることも出来ない。歯ぎしりしながらついて行くよりほかない。「小浜より出で候衆《しゅう》は武具にて早打ち（馬でかけつけること）つかまつり候へども、宮森より出で候衆は武具も着合せず、多分（大方は）素肌にてあきれたる体《てい》にて取巻き申し、高田と申す所まで十里余まゐり候」とある。伊達家の武士らの周章狼狽無念のほど想察《そうさつ》すべきものがある。この十里は坂東里《ばんどうり》であるから、今の里程では六十町だ。高田は阿武隈川の東岸で、川を渡れば今の里程で二十五町で二本松城に達する。

政宗は鷹野先きで急報に接した。

「しまった！　何ということを！」

馬に鞭打って追いかけ、この高田で追いついた。川を渡れば義継の領内だ。義継勢は川を渡る。一人が楯《たて》を持ち、一人が弓を持ち、他は全部抜刀で、総勢五十余人、真中に義継が輝宗をとらえ、悠々と渡って行く。政宗は歯がみしながらもつづいて川を渡った。

城へ入れてしまえば、もうどうすることも出来ない。政宗は懊悩《おうのう》し、焦慮《しょうりょ》し、煩悶し、頭熱し、隻眼は火を噴《ふ》かんばかりになったに相違ない。ついに、玉石共に焚く決心をした。

血を吐くように絶叫した。

「しかたはないぞ！　お家のためだ！　父上に死んでいただく！　父上もろとも撃てい！」

おさえにおさえていた伊達勢の怒りは一時に爆発した。あらんかぎりの鉄砲が、一時にドッと火を噴き、また火を噴いた。

義継は狼狽し、輝宗をひっさげて小高い阜《おか》にのぼり、輝宗をつづけざまに刺しとおして、死骸に腰をかけ、腹かっさばいて死んだ。これを見ると、伊達勢は一斉に殺到して、義継の家来等を一人のこらず討ち取り、義継の死骸をズタズタに斬りはなした。政宗は義継のこの死骸を藤蔓で縫い合わせ、小浜の町はずれにはりつけてさらしたという。

この話はあまりにも凄惨《せいさん》なので、その場に居合わせた成実の日記にも、「味方のうちから鉄砲を一つ撃ったので、誰が下知をするともなく惣勢殺到して、二本松衆五十余人一人ものこらず打殺し、輝宗公も生害なされた」と書いてあり、その他の伊達家の文書も、とりつくろってしか書いていない。しかし、会津四家合考、明良洪範、野史その他によると、以上ぼくの書いた通りだ。前後の情勢から推せば、こうあるのが自然に近い。伊達家の人々がとりつくろわずにはいられない気持はわかるが、このような特殊な事情の下に生じたことは、平穏な場合の倫理を以て律すべきではない。

それにしても、この事件は、政宗にとっては終生忘れることの出来ない痛恨事であったに相違ない。母の愛薄く、また家臣共からも好意を以て見られていなかった自分を理解し、愛しぬき、すべての反対をおし切って家をつがせてくれた父を殺さねばならなかったのであるから。

五

政宗が父を亡《うしな》ったのは、数え年十九の時であった。以後、彼は伊達家の当主として一切を独裁したが、付近の大名等とたえず攻戦して、天正十七年の冬に至るまでの四年間に、会津四郡、仙道七郡（今の東北本線沿線地帯）を斬り平げ、出羽の国まで手をのばし、旧領とあわせておよそ百万石を領有し、会津に移ってここを本城とした。当時会津城は黒川城といった。

こうした忙しい間にも、彼は中央の形勢にたいする注意をおこたらず、秀吉に贈りものをして好《よし》みを通じたばかりか、秀吉の周囲の人々、前田利家だ、三好秀次（後の殺生関白豊臣秀次）だ、徳川家康だ、浅野長政だ、和久宗是《そうぜ》だ、富田知信だ、木村清久だ、施薬院全宗《やくいんぜんそう》だというような人々にも贈りものをし、書信を通《かよ》わして、ごきげんを取り結んでいる。

そうかと思うと、秀吉の怒りを受けて、今や征伐されること必至となっている北条氏とも好みを結んで、常陸の佐竹氏を前後から挟撃《きょうげき》する策をめぐらしている。二十を少し越しただけの年で、おそろしい辣腕《らつわん》といわねばならない。

こんなことがあった。秀吉は政宗が蘆名家をほろぼして会津をとったことを、

「蘆名家は前々から自分に服従を申しおくって殊勝なものであるのに、勝手にこれを討ちほろぼしたりなどして不都合である。おれが関白に任ぜられて天下のことを取りさばくようになったからには、おれの許しを得ない以上、勝手なことをしてはならんのだ」

と叱りつけて来た。

政宗は使者を上洛させて、こう言いひらかせた。

「蘆名家はあとつぎが絶えましたので、姻戚の関係ある拙者の家から拙者の弟を養子として迎える約束が出来ていましたのに、勝手に違約して佐竹家からあとつぎを迎えたばかりでなく、奥州、出羽の諸大名を駆り集めて、関東の佐竹家からも助勢をもとめ、拙者を討ち滅ぼそうといたしました。拙者は正当防衛のため、やむなく立ってこれを打倒したのであります。また、拙者の家は奥州五十四郡の探題の家柄であります。奥州内における不届《ふとどき》な者を征伐するのは、なさではならぬ家の職掌であります」

この弁解にはうそもあればほんともある。蘆名家の養子云々はほんとだ。政宗の弟竺丸改め小次郎が養子に行くことになっていたのだが、蘆名家の重臣等の間に異議がおこって変更されたのだ。蘆名家が諸大名と通謀《つうぼう》結束して政宗に敵対したというのは、話が逆だ。政宗が無闇に侵略行為に出るので、大名等は対抗上結束したのだ。陸奥の探題はうそではない。政宗の祖父晴宗の時足利将軍家から探題職に任ぜられてはいる。

しかし、任じた足利将軍家自身がよたよただったのだから、名号《みょうごう》だけのもので、晴宗も探題職らしいことは全然していないのである。こんなものを振りまわすのは滑稽でしかないのだ。

秀吉はもちろんこんな弁解に言いくるめられはしない。

「勝手なことはゆるさん。いずれ双方の言い分をきいた上で、明らかなる裁きをつけるであろう。その旨心得い」

と言い渡した。

この図々しい言いわけもだが、さらにおどろくべきは、弁明使をおくっているかたわら、相馬だ、白河だ、横田だ、須賀川だと周辺の小豪族等を片ッ端から攻めつぶしていることだ。煮ても焼いても食えない横着《おうちゃく》さだ。少年時代のあのはにかみやの、ややもすれば紅い顔をした性質はまるで影をひそめている。

こうして、身代がおそろしく大きくなったので、諸老臣等が相談の上、政宗に、

「以前とちがい御大身となられましたので、他家よりのお使者などの来られることも多くなりました。このお城では小さくもあり、粗末でもあります。城普請《しろぶしん》をなされ、ご城下の町もお取り立てあるがよろしゅうござる。今のままでは第一外聞も悪うござる」

といったところ、政宗は、

「おれはいつまでもこんな所に腰をすえていようとは思っておらぬ。やがては諸軍をひきいて関東に打って出て領地をひろげようと思うているのだ。おれはおれの身代が大きくなるにつれて、汝《わい》らにも少しずつ領地を加増してやり、妻子を安楽に養って行けるようにしてやったし、これからもそのつもりでいる故、汝らも城の外聞などかまわず、精を出して奉公することを考えてくれい」

と言ったという。

二十三歳の隻眼児は、上潮《あげしお》に乗じたと見て、満々たる野心にはち切れそうになっていたのだ。

六

豊臣秀吉の小田原征伐は、天正十八年、政宗二十四の時であった。

小田原征伐のことは、この前年の冬から、政宗にはわかっていた。前田利家、浅野長政を通じて、秀吉から通達があったのだ。

この二人だけでなく、かねてから彼が取り入っている秀吉側近の人々からも、

「この際上洛なされば、殿下のごきげんは一入《ひとしお》であろうと思われます」

と言って来ている。

この前年、蘆名家を亡ぼしたことについて秀吉から叱責《しっせき》して来た時、申し開きの使者として上洛させたまま、情報がかりとして滞京させている家臣の上郡山仲為《かみこおりやまなかため》と遠藤不入斎からも、同様なことを言って来ている。

さらに、いよいよ征伐の日どりがきまって、三月一日に秀吉が京都を出発して東に向うということが決定すると、これらの人々はみな、

「早く上洛なされよ」

あるいは、

「会津口から下野まで出馬して、期におくれぬようなさるがよい」

とすすめてきた。

それらにたいして、政宗は返書と多分な贈物を持たせた使者を出してはいるが、動かず、依然として佐竹家と合戦をつづけているばかりか、北条氏に使いを出して、親交を重ねている。

政宗ほどの人物でも、さすがに奥州の片田舎にいるかなしさには、時勢のおちつく先きの見きわめがつかなかったのであろうか。そうではあるまい。大して損になることではない、両天秤《りょうてんびん》かけておこうわいという料簡、時勢がどう落ちつこうが、取れる間に取れるだけ取っておいた方が結局は得とそろばんをはじいたのであろう。底の知れない図太さである。彼が徹底した現実主義者であることの証拠であると思うが、

これは後年の関ヶ原戦争の時にはさらに鮮明にあらわれる。

秀吉の小田原征伐の緒戦は、三月二十九日の山中城攻撃であった。秀吉はすでに到着し、四月三日には、小田原城の包囲は完全に成った。会津四家合考と藩翰譜《はんかんぷ》と野史によると、政宗は太宰金七（野史では大峰金七）という者を情報がかりとしていたところ、これが馳せかえって、

「上方勢以てのほかの大軍にて、その軍威の盛んなこと、言語にたえます。さすがの北条殿も一たまりもありますまい」

と報告したので、政宗もはじめて腰を上げる決心をつけたという。用心深い政宗だから、こういう者をつかわしていたことは事実であろうが、その報告だけで決心をつけたとは思われない。情報がかりは京都にも派してある。それからの報告もあり、またこの時伊達家の周囲の諸豪族等が続々と秀吉の許に参候しつつあったのだから、そのうわさも聞いていたにちがいない。だから、これらが一緒になって決心させたと見るべきであろう。

彼は重臣らを集めて評議した。

「小田原が落ちてしまえば大変なことになる。落ちぬ前に関白に目見えせねばならんのだ。おれは早速に行こうと思う」

原田宗時は、

「よい御思案でござる。一刻も早くお出でになるがようござる」

と言ったが、伊達成実は、

「もう遅うござる。行くならば、関白と小田原とが手切れになった去年の冬でござった。今頃になって行くのは、進んでとりことなるようなもの。それより当国にこもって戦うがようござる。敵は大軍とはいえ、国許を遠くはなれて戦うのでござる。味方精をつくして戦いましたなら、勝たぬものでもござるまい」

と言う。片倉景綱は賛成とも不賛成とも言わない。眠そうな顔でものうげに坐っているだけであった。

政宗はその夜ひそかに片倉の邸に行った。片倉はその来訪を待っていたような風であった。

「そなたが今日の評定でなんにも意見を申さなんだ故、こうしてやって来た。どう思うぞ」

片倉は手にしていた団扇で蠅を追いはらう身ぶりをして、

「蠅というものはうるさいものでありましてなあ」

といった。一時は勝って撃退することが出来ても、また、来るであろうという意味だ。

「うむ、うむ」

　政宗はうなずいた。決心はそれでかたまったが、行くにしても、準備がいる。旅支度はかんたんだが、境目の手配りを十分にしておく必要がある。これはそう手軽には行かない。何せ力ずくで不当に切取ったのだ。不在《るす》と見たら四隣がどう動くかわからない。すでに服属している豪族等もこの形勢の変化を見てはどうするか不安だ。それらのことを手配りしていると、足許から火が立った。

　四月五日、政宗は母刀自《ははとじ》最上氏義子から招待を受けて、母の御殿に行った。食膳が出て、膳番の者が毒見をしたところ、忽ち目をまわし、血を吐いてたおれた。政宗は顔色をかえ、

「拙者、急病がさしおこった」

　といって帰り、急いで事情を調査してみると、ことは母刀自とその実家の兄最上義光との陰謀によることがわかった。ずっと前、義光は密使をつかわし妹にこう説いた。

「政宗が蘆名家をほろぼして会津を切取ったというので、関白はきついお怒りである。どんな罪に仰せつけられるかわからぬ。早く政宗を除いて小次郎を立てる工夫をしたがよいぞ」

　これが伊達家を奪わんとする義光の腹黒い陰謀であることはいうまでもないが、母刀自にはこれが見ぬけなかったらしい。政宗は子供の時から一向可愛いと思ったことのない子だし、小次郎は目に入れても痛くないほどの子だ。伊達家の存亡というのも

心配だ。その気になったが、ことがことだけに踏切れないでいたところ、いよいよ政宗は近く関白に拝謁《はいえつ》に行くという。行って捕われの身となり、家取潰しということになれば、もうどうすることも出来ない。

「やるなら、今だ」

となって、こんなことになったと判断された。

政宗は激怒しながらも、

「弟に罪のないことは明らかだ。みんな母上の浅はかさから起こったことだ。しかし、子として母上を罰することは出来ない」

と考えて、小次郎を呼んだ。そして、家臣の屋代勘解由《やしろかげゆ》兵衛（藩祖実録では鈴木重信）を召して言った。

「唯今、小次郎が来る。思うところあって討たねばならぬ。その方仕手《して》をつかまつれ」

事情はよく知っている屋代であったが、おどろき、固辞し、また諫《いさ》めた。

「累代の主君に、どうして刃《やいば》が向けられましょう。このこと、小次郎君には露お知りでないことでござる。思し召し直しいただきとうござる」

「ことは重大だ。きまりはつけねばならぬ。よいわ。そちがことわるなら、おれが自分でいたす」

やがて、小次郎が来た。

小次郎のこの時の年はわからない。八歳という説があり、十一、二歳という説があり、十七歳という説があって一定していない。しかし、母最上氏の年から推して、十七歳というのが妥当であろう。

小次郎は覚悟をきめて来ていた。政宗は事情を説明し、自らこれを討った。

この夜、母刀自はひそかに山形に逃げた。

以上は、東藩史稿の貞山公世紀と公子列伝とによって書いたのであるが、疑問の点がないでもない。この毒殺計画があまりにも浅はかだ。大名の食事に毒見役が毒見をするのは普通のことだ。母最上氏がそれを考慮にいれないというのがいぶかしいのである。あるいはこれも小田原行きの準備の一環であったかも知れない。

とすれば、恐ろしいことが推理される。

「おれが不在《るす》すれば、母上は何をたくらむかも知れぬ。たくらみの種をなくしておこうわい」

と考え、母のところに暇乞いと称して行き、饗応《きょうおう》してくれるようにしむけ、その食膳にたずさえて行った毒薬を自ら投じ、もう一度毒見をさせ、それを理由にして弟をのぞいたという最も陰険な方法。

悪意をもって人を見ることは、歴史上の人物にたいしても避けたいのであるが、この事件はあまりにも不審に満ちている。ともかくも、政宗にとっては小次郎がいなくなれば一安心であったことは事実である。

前には父を殺さねばならず、今はまた弟を殺さねばならなかったのだ。苛烈《かれつ》むざんな戦国の時代とはいえ、政宗は悲劇の人物といわねばならない。

七

五月九日、政宗は会津を出発した。片倉景綱、高野親兼、白石安綱、片倉壱岐《いき》等の譜代の重臣等のほかに、近頃降伏した重立った者共をまじえて、百余騎を従えた。留守居の大将としては伊達成実がのこった。重立った新付の家来共を従えたのはのこしておいては不安だからであり、成実をのこしたのは万一の場合主戦派である彼は勇敢に防戦するにきまっているからである。周到な配慮である。

最初の計画では上野《こうずけ》に出て真直ぐに小田原に向うつもりであったが、このあたりは北条氏の領地で通れないので、米沢に出、越後に出、信濃に入り、甲斐に出るというまわり路をして、やっと小田原についた。六月五日であった。

この時の政宗の姿はまことに奇怪であった。髪を短く切ってかぶろにし、甲冑の上に白麻の陣羽織を着ていた。死を命ぜられることを期して凶服《きょうふく》のつもりであったというのだが、なあに、そう早くあきらめる男ではない。演出なのである。記録にあらわれたところでは、これが最初の彼の演出であるが、以後死ぬまでひんぴんとして奇抜な演出を行なっているところを見ると、これ以前にもあったのであろう。

この時代、秀吉が稀代の演出やであるが、政宗もそれにおとらない演出やだ。ただ、秀吉のは豪華な演出であり、政宗のはいささか泥くさい。おかれた地位の相違であろう。演出やは例外なく打算家であるが、同時に劣等感の所有者には演出やが多いということも言えよう。弱みをかくすためには演出が必要なはずだから。とにかくも政宗が劣等感の所有者であったことはすでにのべたが、秀吉もまたその素姓にたいして常に劣等感を抱いていた人なのである。

政宗の日和見的態度を怒っている秀吉は、急には会うことを許さなかった。

「どこぞへ押しこめておけい」

それで、底倉《そこくら》に蟄居《ちっきょ》させられることになった。

秀吉は、一体どんな男なのだと、かかりの者に聞いた。

「年の頃は二十を少し出たほどでございましょうか。片目で、髪を短くおし切ってかぶろにしています。まことに異様な風体の人物でございます」

「ほう」

大いに興味を覚えた風ではあったが、それでも会おうとは言わなかった。

翌々日、秀吉は浅野長政、施薬院全宗らを底倉につかわして、詰問させた。曰く、なぜ参向がおくれたか、曰く、なぜ蘆名をはじめ、近傍の諸大名の領土を侵略したか。政宗は一々これを言いひらいた。

この言いひらきは相当強引なこじつけであったが、取調べ役の連中が以前から政宗に度々贈物をもらって籠絡《ろうらく》されているのだから、世話はない。ほどよくつくろって復命してくれたので、秀吉の怒りはとけた。しかし、

「会津はいかん。あれは没収する」

といって、旧蘆名家領の会津、岩瀬、安積《あづみ》の三郡をとり上げたので伊達領は七十余万石となった。

政宗はこの蟄居中に、利休が秀吉に従って来ていると聞いて、利休に来てもらって、茶の湯の稽古をした。このことが秀吉に聞こえると、秀吉のきげんはすっかりなおった。

「はは、伊達というやつ、奥州の在郷ざむらいじゃと思うていたが、いのちの瀬戸ぎわにいながら洒落たことをする。見事なやつだ。気に入った。会うてとらせようわい」

といって、謁見《えっけん》をゆるした。もっとも、秀吉は最初からゆるすつもりでいたのであろう。小面倒なことを言っては、天下統一は遅くなるばかりだ。秀吉はいそいでいた

のだ。ゆるす機会を待っていたと考えてよかろう。ここらが秀吉の機略であろう。

謁見はこの月九日に行なわれた。当時秀吉の石垣山の本営は石垣の構築中で、この日秀吉はそこへ出て床机《しょうぎ》をすえて検分《けんぶん》していたが、そこへ政宗を呼び出した。その席には、徳川家康、前田利家をはじめとして、多数の大名等がいた。

政宗は一応の拝礼をしてそのまま退出しようと思いこんでいたところ、秀吉は、

「政宗、政宗」と二度呼んで、杖をもって自分の前の地面をさして言った。

「これへ、これへ」

「はっ、はっ」

政宗はかしこまって、小腰をかがめながら近づいて行ったが、途中脇差をさしたままであることに気づき、その脇差をぬき出し、そこにいた和久宗是《そうぜ》に投げた。宗是はこれを受取った。宗是は秀吉の近臣だが、政宗に籠絡《ろうらく》されて政宗と親しくなっている人物だ。後に秀吉の死後伊達家に仕えているが、大坂の陣がはじまると、政宗に乞うて暇をもらい、年八十にして大坂に入城して戦死している。

政宗が示した位置に坐ると、秀吉は、

「そちは田舎侍ゆえ、かような大軍の手配りは見たことがあるまい。後学のためだ。よく見ておけい」

といって、杖を以て小田原城を包囲している諸家の陣々を指さして、

「あの陣所は誰がしの陣所で兵何万、かようかようの含みを持っている。こちらはなにがしの陣所で兵いく千、こういう意味をもっている」

などと、一々説明してくれ、また政宗の意見をきいた。政宗ははばからず、自分の意見をのべた。

後に和久宗是が伊達家の者に、この時、列座していた諸大名が、

「政宗は田舎者の異風ていな男じゃが、脇差の投げよう、ものの言いぶり、殿下ほどのお人の前で少しもおじけぬところ、あっぱれである。さすがにうわさに聞いたほどのものはある」

とほめたと、語った。

以上は、成実日記に記すところだから、最も信用出来るのだが、異説もある。秀吉は自分の刀を政宗に持たせて、「供せ」と言って、ほかには小童一人召しつれただけで石垣山の頂上にのぼり、高い断崖のはしに立って、布陣の説明をした。その間うしろをふりむきもせず、政宗を動く虫ほどにも思わない風であったので、すきあらば秀吉を刺そうと思っていた政宗も全身汗になっておびえ、秀吉に心服するようになったという説が古来さまざまな書物に書かれている。

演出家同士の演出くらべの観があって、中々面白いが、あまり出来すぎているのでフィクションであろうと思う。第一ここで秀吉を刺殺したところでどうなるものか。

政宗は打算家なのである。いくらかでも見込みのあることなら、決して機会を見のがさない政宗だが、全然見込みのないことを、単に一時の快を遣《や》るために敢てするようなことはしない男だ。

翌日、秀吉はさらに政宗を呼び出し、茶の湯をふるまい、刀を一腰あたえて、

「早々に国へかえれ」

と言ったという。

政宗は六月二十五日会津に帰着しているが、翌七月には米沢に引きうつり、その月二十三日には、小田原を落城させて奥州巡視にきた秀吉を宇都宮まで出迎えて、旧蘆名領の図面と自らの新所領ときまった地域の図面とを献上している。

秀吉は会津に入り、蒲生氏郷《がもううじさと》を会津四郡、南仙道五郡、あわせて四十二万石（七十万石という説もある）に封じ、小田原に伺候しなかった諸豪族の領地を没収し、これを木村伊勢守吉清とその子清久とにあたえた。葛西・大崎三十万石の領地である。蒲生は伊勢松坂十二万石から、木村は五千石の小禄から、この大出世をしたのだ。秀吉の母大政所《おおまんどころ》の気に入りだったから、この抜擢をされたのだという。

秀吉はこれらの処置をすまし、浅野長政、石田三成、大谷吉継《よしつぐ》の三人に奥州の検地を命じておいて、京都に引き上げた。京都着は九月一日であった。

ところが、それから間もなく、奥羽に一揆がおこった。

一揆の原因は色々ある。その一つは検地にたいする不平だ。検地は土地の真実の生産高をつきとめることに目的があるということになっているが、実際は今日の税務署の国民所得の調査と同じで、税収入の増加をはかることに真の目的がある。特に秀吉の検地はこの点が特に苛酷であった。これまでは一歩《ぶ》といっても、多年のしきたりで、七尺平方のところもあれば、六尺五寸平方のところもあったのであるが、秀吉はこれを六尺平方ときめて、地方差も慣行も全然認めず強行した。税率を低くすれば百姓の負担が増すわけではなく、むしろ負担の不公平がなくなる利点さえ生ずる理屈ではあるが、いく世紀にわたって権力者の搾取に苦しみつづけて来ている百姓等にはそんな理屈はごまかしとしか考えられない。従来一町歩でとおって来た田が一町二十五歩と査定されれば、二十五歩だけ税が重くなると考えるのだ。不平が起らないはずがない。

その二つは、新たに葛西と大崎の領主となった木村吉清父子の政治ぶりが悪かった。五千石の小身者から一躍三十万石の大大名に出世した木村父子には、新しい身分に相応するだけの家来がなかったので、これまで五十石か六十石くらいあたえていた家来共を何千石という重臣にし、中間小者を侍に取り立て、新たに上方からあぶれ浪人共を多数召しかかえて、やっと数をそろえた。ところが、このにわか重役や新家来共は、持ちつけない権力に心おごって、領内の住民——この中には百姓ばかりでなく、新たに秀吉に取りつぶされた旧豪族やその家臣らもいるのだが、それらにむかって、沙汰のかぎりな暴威をふるった。

「本侍《もとさむらい》、百姓の所へおしこみ、米をとり、百姓の下人下女を奪ひ、歴々の嫁、娘をわが女房に奪ひ」

と、成実日記にある。これでは一揆のおこらないのが、むしろ不思議である。

一揆は先ず出羽の国からおこった。この時は百姓だけの一揆であったが、忽ちこれが木村父子の所領である葛西と大崎に飛び火した。しかも、この時は旧豪族やその旧臣らを中心とする一揆になっていた。旧軍人共の一揆だ。戦さにはなれている。いわばまだ烏合《うごう》の衆にすぎない木村家の侍などの敵《かの》うものではない。忽ち攻め破られ、木村父子は佐沼城に居すくみになり、一揆勢はこれを十重二十重に包囲するという有様となった。

この一揆を煽動示唆《しさ》して暴発させたのが、政宗であるということになっている。改正三河後風土記にはこうある。

「この数年前、秀吉が九州平定の後佐々成政《さっさなりまさ》を肥後の領主とした時、一揆が蜂起《ほうき》した。佐々はこれを平げたが、秀吉は成政の政務のとりようが悪いからこそ騒ぎが起こったのだと怒って、佐々を切腹させた。百万石以上の領地を七十万石に切りちぢめられて、内心不平満々でいた政宗は、この先例によって、一揆がおこれば新領主は領地は没収され、その身は切腹を命ぜられるのだ、領主のかわる度に一揆をおこさせれば、ついには秀吉も奥羽をもてあまし、奥羽の領主は伊達にかぎると、自分にくれることは必定だ、と思案して、所々の郷民にひそかに貨財を支給して煽動したのだ」

この推察は少々うがち過ぎている。これでは政宗が一揆の主動者ということになるが、真相は一揆がおこったので、この知恵が出て来たのであろう。政宗は強烈な野心家だ。したがって強烈な野性がある。目の前の好餌《こうじ》に向っては飛びつかずにはいられないのだ。

「この一揆、あおり立てようでは、凄いものになるぞ。奥羽は新たに地位をうばわれ、領地を失った不平の徒で充満しているのだ。火薬庫のようなものだ。これを利用せん法はない」

というのが、当時の政宗の心理であったろう。

この一揆の鎮定《ちんてい》に最も働いたのは蒲生氏郷であった。彼が会津転封を命ぜられたのは八月七日であるから、実際に会津に引き移ったのは早くとも九月中旬頃であっただろうと思われるのだが、米沢の政宗にも出陣するよう牒《ちょう》じて、出陣した。十一月五日のことであった。おりから数日前からの大雪であった。

この出陣の頃から、氏郷は政宗の臭いことを感づいて、会津城の留守部隊や、伊達領に近い城々の守備隊は特に武功の士をえらんで編成したのであったが、いよいよ出陣してみると、伊達家の態度はますます臭い。

第一伊達領内では、蒲生勢にたいして宿を貸さない。野営しようとしても莚《むしろ》も売ってくれない。炊事をしようとしても、鍋釜を貸さず、薪を売らない。元来が暖国育ちの蒲生勢だ。生まれてこの方見たこともない大雪の中でひどい難儀であった。

第二は政宗は出陣はして来たものの、やれ持病がさしおこったの、やれ何だのと言い立てては、進もうとしない。

業《ごう》をにやしているところに、伊達家の家来で須田伯耆《ほうき》という者がひそかに氏郷の老臣蒲生源左衛門の陣所に来て、

「この一揆の蜂起は、政宗の煽動によるものであります。のみならず、政宗は氏郷殿を暗殺しようとたくらんでいます」

と告げた。この須田のことを、東藩史稿は、須田は、政宗の父輝宗が横死した時、父が追腹を切ったので、大いに取立ててもらえるであろうと予期していたところ、政宗は須田の家柄が卑《ひく》く、また新参の家なので、大して取立てなかった、それで、須田は久しく不平を抱いていた、これは讒言《ざんげん》であると書いている。

また、この時、曽根四郎助という者が、政宗が一揆の者共にあたえた手紙を数通手に入れて、氏郷に差し出した。これも東藩史稿には、元来この曽根という男は伊達家の祐筆だったのが、罪あって逃走して蒲生家に仕えたのであるから、その手紙なるものは曽根の偽筆であると言っている。

この証拠書類を氏郷が入手した経路については、異説がある。

改正三河後風土記では、政宗の家来である山戸田八兵衛と手越宗兵衛という者が、政宗が一揆に出した手紙をつかんで、氏郷の陣中に駆けこみ、

「拙者等は政宗の側近に奉公している者でありますが、元来この一揆は政宗の下知によって起こったものであります。いわば一揆は枝葉、政宗は根本であります。政宗のすることがあまりにも悪どいので愛想がつきました。よって回忠《かえりちゅう》いたします」

と言って、書類をさし出したとある。

会津四家合考には、隅（須）田伯耆の訴えによって、氏郷は政宗の陰謀を知ったとはいうものの、確たる証拠をつかめないで苦心していると、以前政宗の家来で、政宗の勘気にふれて浪人し、近頃蒲生家に奉公した山津（戸）田八兵衛ノ尉という者が、何とかして主人のほしがっている証拠を手に入れて、新主人への忠勤を抽《ぬき》んでると共に、政宗にたいする年来の遺恨を晴らしたいと思い、伊達家の飛脚の通りかかるのを見てこれを斬り、ふところをさぐって見ると、政宗が一揆勢にあてた廻文があった。これ幸いと、氏郷に献上したとある。

一揆は氏郷の健闘によって平定したが、氏郷が政宗を憎んだのは当然のことだ、平定と同時に秀吉に、

「一揆は伊達の煽動によるものであります。その証拠はかくかくしかじか」

と、証拠の書類をそろえて訴え出た。

秀吉は、氏郷と政宗とを京都に召喚《しょうかん》した。

八

翌天正十九年正月末日、政宗は京に向った。伊達家側の記録では、「晦《つごもり》、米沢を発す。政景（伊達政宗の叔父）、景綱（片倉）等三十余騎従う」と、ごく簡単に書いてあるが、会津四家合考と改正三河後風土記では大へんだ。

「陳じ損ぜば、再び奥州へ帰ることはかのうまい。政宗ほどの者が普通のはりつけ柱にかけられて処刑されることは無念の至りである」

といって、良質の金箔をもって包んだはりつけ柱を行列の先頭におし立てて京に向ったので、道中見るもの、京の人々、

「昔より今にいたるまで、武敵、朝敵も多数あったが、かかるふるまいは聞いたことがない。あっぱれ、おこの者かな」

とあきれたとある。おこの者は本来は阿呆という意味だが、ここの場合は途方もないやつ、あきれかえったやつ、乱暴ものといった気味合に使われているのだろう。

二月に入って京都につき、旅館と定められている妙覚寺に入った。

政宗が召喚に応じてすぐ上京したことは、秀吉の機嫌をやわらげた。富田知信に言ったという。

「目っかちめがこう早く上《のぼ》って来たところを見れば、謀叛《むほん》というのはうそかも知れんな」

知信はずっと以前から政宗に籠絡されている男だ。えたりと相槌を打った。

「信長公御在世の頃、殿下が播州路で謀叛をお企《くわだ》てになっているとの流言が飛んで、信長公から召命があったことがございましたな。あの時、殿下は、直ちに安土に参上されて、お言い開きありましたので、信長公は即座にお疑いを晴らされました。恐れながら、政宗の立場はよく似ていると存じます」

「うむ、うむ」

と秀吉はうなずいた。

政宗が平生から蒔《ま》いていた種子が生きて働いたわけだ。

この時、徳川家康も、ずいぶん政宗のためにとりなしている。家康はまた将来のためを思って、せっせと種子を蒔いているわけだ。

秀吉は自ら裁判役となって、政宗と氏郷を対決させた。先ず氏郷の提出した証拠の手紙を政宗に見せた。

「どうだこれは」

政宗は受取ってつらつらと見て、

「恐れながら筆紙をたまわりとうござる」

と言って、筆紙を貸してもらうと、証拠の書類にあると同じ文句を書いてさし出した。

「くらべてごらん下されとうござる」

全然同じ筆蹟であった。

「同じだぞ。寸分ちがわんぞ」

すると、政宗はおちつきはらって言った。

「これは拙者の祐筆をつとめていた者の偽作でござる。従って似ているのは当然のことでござる。しかしながら・拙者の用うる花押《かおう》はごらんの通り鶺鴒《せきれい》をかたどったものでござるが、それには必ずその目にあたる所に、針でついて目につかぬほどの穴をあけてござる。それは祐筆共も知らぬことで、拙者自らいたすのであります。然るに、この花押にはそれがござらぬ。偽作であることの何よりの証拠でござる」

そこで、秀吉は政宗の手紙を諸大名から集めてしらべてみると、政宗の言った通りであったので、秀吉はその用意周到に感心して、疑いを晴らした。

以上は、伊達家側の文書に記する所であり、改正三河後風土記も多少の違いはあるが採用している。恐らく事実であろうし、その用心深さには秀吉ならずとも驚かざるを得ないが、用心深さもここまでくると、腹黒いという部類に入ろう。戦国という特殊な時代の性格の一つであろう。

われわれはここでまた政宗の手口の一つを見る。彼が逆手《ぎゃくて》の名手であるということだ。金箔をまかせたハリツケ柱をおし立てて上洛したことといい、対決の場においてそっくり同じ文言を書いて見せたことといい、豪快なる逆手なのである。彼はすでにこれを小田原陣に伺候する時見せている。髪を短く切ってかぶろにし、真白な麻の陣羽織を着て行ったのがそれだ。この逆手には稀代の演出家である彼らしく精密な打算の裏づけがあり、それによって見事に危地から脱出しているのだ。彼のこの性質は以後益々濃厚にあらわれる。

疑いとけた、あるいはとけたらしく装っている秀吉は、おそろしく政宗を優待している。政宗が諸大名を招待して茶の湯を催すと、色々な名物の茶器をあたえており、聚楽《じゅらく》まわりに邸地をあたえて、浅野長政に命じて三千人を使って建築してやり、羽柴の姓をあたえ、侍従兼越前守に任官させている。当時京都中、上下皆政宗の覚えのめでたさにどよめいたという。

政宗の豪快奇抜な演出が豪快好みの秀吉に気に入ったからでもあろうが、この東北の梟雄《きょうゆう》を心服させようとの秀吉の機略であったに相違ない。

間もなく、この年秋、南部で九戸《くのへ》政実が乱をおこした時、政宗は最も熱心に働いて殊勲を立て、秀吉の感状をもらっている。

これで奥州は完全に鎮定したわけだが、ここで秀吉はまた領地割をしなおして、政宗は五十八万石余に減《へ》らされて、米沢から陸前の玉造郡岩出山城に移っている。今の仙台から十三里北方の山間の都邑《とゆう》である。仙台に移ったのは、これから九年後の慶長五年の暮、関ヶ原役後のことである。

九

朝鮮役のおこったのは、この翌年のことである。彼は大いに奮発して、秀吉から遠国でもあり、一揆鎮定に働いた後のことでもあるから、五百人出せばよいと言われたのに、千人をくり出している。政宗はこの時二十六、年が若いだけに、さすがの梟雄もすっかり秀吉にまるめられて大感激のさなかだったのであろう。

京都を出発する時の伊達家の軍勢のいでたちの見事さ、奇抜さは、諸家の軍勢中第一であったと伝える。紺地に金《きん》の日の丸の旗三十本。弓足軽、鉄砲足軽、長柄《ながえ》足軽、これは各隊皆そろいの甲冑を着、末ひろがりの櫂《かい》の形をした朱鞘銀ごしらえのそろいの刀をさし、金色に塗った径一尺八寸、長さ三尺のトンガリ笠をかぶっていた。騎馬の将校三十八人は皆黒母衣《くろほろ》を負い、さしものの上には金の半月の出《だ》しをつけ、馬には大総のむながい、しりがいをし、豹、虎、熊の皮、孔雀の羽等の馬鎧を着せた。とりわけ、遠藤宗信、原田宗時の二人は九尺の大太刀を佩《は》き、そのこじりが地に引きずりそうなので、黄金のくさりで鞘の途中を肩に吊っていたので、見物人らはおどろき、目を見はり、秀吉は大いにほめたというのだ。

この時から「ダテをする」ということばが出来たというのだが、それはうそだ。ダテということばはこの以前からある。

この豪華異風の出陣いでたちが、秀吉の気に入られようとの計算から出たものであることは言うまでもない。

この時のこの大太刀は諸書に木刀であったとあるが、東藩史稿の著者は真刀《しんとう》であり、自分は実物を見ている、しかし長さ九尺は誤りで七尺八寸であると書いている。

朝鮮においての戦功は、一度だけ感状をもらうほどの働きをしているが、滞鮮期間が四月半ばから九月半ばまでという短期間でもあるので、大したことはない。

しかし、この頃から、目先きのきく政宗は徳川家康に接近している。大本営の所在地である名護屋で、徳川家の武士等と前田家の武士等が水汲みのことから大喧嘩をはじめ、諸大名もそれぞれひいきにわかれて、今にも戦さわぎになろうとしたことがある。

政宗は秀吉に帰属する以前から利家と親しい好《よし》みを通じていた縁故もあり、秀吉の

信任も厚く、大名中の元老でもある利家なので、日頃から親しく出入りし、おりにふれては、

「ことあらば、必ずお役に立つでありましょう」

と言っていたので、加賀家ではてっきり政宗は自分の方に味方してくれることと思い、家人《けにん》が政宗の陣所に行くと、政宗は人数を集めていつでも打立てるように支度していたが、その鉄砲の筒口が全部加賀家の陣所に向っていたので、驚いて立ちかえって利家に報告すると、利家は、

「政宗というやつ、年若な者に似合わぬ内股膏薬《こうやく》である」

と大いに怒ったという話がある。

家康の方でもまた色々政宗のためにつくしている。豊臣秀次が秀吉の勘気にふれて切腹させられた時、かねてから秀次と懇意《こんい》にしていた者は皆罪せられたが、政宗も秀次と懇意にしていた。秀次は秀吉の最も愛した甥だ。あとつぎに立てて関白に立てたのだ。利を見るに機敏な政宗が親しく出入りしないはずがない。

ところが、秀吉の秀次にたいする愛情の冷却は急激で、しかもその憎悪の昂進は狂的と思えるほどであった。常理を以て律することの出来ないこの変化には、さすがの政宗も手の打ちようがなかった。

百方弁解して、やっと死はまぬかれたが、

「家をせがれの兵五郎（後の秀宗・宇和島伊達氏の祖）にゆずれ。伊予に転封を命ずる」と言いわたされた。

政宗は、追って御返答するといって一先ず使者をかえしたが、途方にくれ、家臣二人を家康の許につかわし、しかじかの上意を蒙りました、伊達家の浮沈この時にきわまりました、お知恵を拝借するよりほかはありません、と頼んだ。家康は使者らの口上を聞いたまま返事はせず、茶や食膳をあたえた。二人は途方にくれ、暇を告げて、「主人さぞ待ちかねていることでございましょうから、早く帰って御返事を聞かせたく存じます。何とぞお知恵を拝借させていただきとうございます」

と言うと、家康は声荒々しく、

「汝《わい》らが主の政宗という男は、見かけは強《きつ》そうであるが、腰抜けじゃわ。腰が弱いゆえに、さようなうろたえようをするのじゃ、おめおめと四国に行って魚の餌《えば》になるがましか、ここで死んだがましか、よくよく分別せいといえい！」

と、どなりつけておいて、重ねて秀吉から四国へ行けと催促のあった時の返事のしようなど、細々《こまごま》と教えてかえした。

翌日、秀吉はまた伊達家の邸に上使をつかわすとて、昨日申しつけたこと、まだお請けをせぬが、返答いかが、早々に伊予へまかり下るようにいえ、と命じた。

上使はかしこまって、伊達邸へ行ってみると、門前に弓・鉄砲・槍・薙刀などの武器をたずさえた者どもが犇《ひし》と押しならんで、今にも打って出でんずる勢いだ。上使はおどろいたが、ともかくも来意を通じて、客殿に通った。その客殿にも武士どもがひしめいている。上使はますます肝を冷やした。

ややあって、政宗が奥の間から立ち出でて来た。無刀でひしめく家臣らを押し分けつつ、上使の前に坐ってあいさつした。

上使は秀吉の命をのべた。政宗は涙をはらはらとこぼして言った。

「およそ世に上様の御威勢ほどかしこきはござらぬ。また、人間の不幸数ある中で、その上様の御勘気を蒙るほど大なるはござらぬ。この期《ご》になってしみじみと感じることでござる。拙者においては、御不審を蒙りましたこととて、首を刎《は》ねられましても不服を申すべき心は少しもござらぬ。ましてや、領地を下し賜わっての国替えでござる。喜んでお受けいたすべきことでござる。しかしながら、譜代の家来どもは、いかでか数十代相伝の領地を離れて知らぬ他国へ流浪することがあろうか、おことわり申して、速かに腹を切られよ、われわれは一人たりとも目の玉の黒いかぎりは、本国の領地を人に渡して他国に行く所存はござらぬと、ひたすらに拙者に自害をすすめます。いろいろと道理を語り聞かせますが、一向に納得いたしません。そのため、ごらんのとおりなる狼藉の有様でござる。かような次第にて、御勘当の身になりますと、数十代譜代の家来どもさえ、下知を聞かず、勝手なことを申しつのり、まことに余儀なきことでござる」

上使は辞去し、秀吉の前に出て、この旨を報じた。

すると、時刻を見はからって秀吉の前に来ていた家康が言う。

「拙者もその噂は聞いております。政宗一人のことなら、もし彼が上意に背《そむ》いて明け渡さぬにおいては、拙者に仰せつけ下さらば、ただ今すぐ彼の邸へ押し寄せ、ふみつぶすに何の手間がかかりましょう。しかしながら彼が当地へ召し連れて来ています千に足らぬ家来どもすらそう思いつめているとすれば、本国にいる家来どもは国を明け渡して立ち去るとは決して申しますまい。その家来どもを追い払い給うべき御工夫がございますなら、政宗の処置は拙者に仰せつけいただきとうござる。説得いたすなり、討ちはたすなり、その場の仕儀次第にいたしましょう。しかしながら、先祖以来数十代相伝の所領を没収されることでありますから、政宗が家来どもの愁訴するところもふびんと存じます。されば、まげて今度だけは御赦免給わるわけにはまいりますまいか」

「なるほど、せっかく江戸内府のお取りなしじゃ。今度だけはゆるしてやりましょう」

と、国替えのことは沙汰やみとなり、その後勘当もゆるされたのである。

前の一揆事件の時といい、この時といい、大いに家康に世話になっている。政宗の心がますます家康に傾いたのは当然のことであった。

けれども、献身的に家康に打込みはしない。彼は純情漢ではない。梟《きょう》の字のつく英雄なのである。何よりも横着者なのである。それは関ヶ原役の時の態度に最もよく現われている。

　上杉景勝がその居城会津にいてアンチ徳川の兵をおこし、家康がこれを征伐することに決定した時、上杉氏と通謀している石田三成は、当時大坂にいた政宗に、

「もし故太閤の恩義を思うなら、大坂方に味方してたまわれ。そうしてくださるなら、関東から奥州にかけての土地は貴殿に献じましょう」

と説き、誓書を送り、五回も手紙をよこした。

　政宗はこの誓書と手紙を全部、家康にさし出した。家康は大いに喜んで、

「徳川家のあらんかぎり、そなたの好意は忘れぬ。やがてわしも景勝征伐のために東下するが、そなたは急ぎ国許に下って、上杉勢にそなえてくれい」

と言って、旅費として金千両をあたえた。

　政宗は直ちに国許にかえって兵を出し、国境方面まで出て、家康の東下を待った。間もなく家康は諸大名の兵をひきいて、野州小山《おやま》まで来たが、西の方で石田三成が西国大名を糾合して挙兵したので、上杉のおさえには次男の結城《ゆうき》秀康を総大将として東国大名数人をのこしておいて、引きかえすことにした。政宗はおさえの将の一人と

してのこされた。

当時の上杉家には軍神毘沙門天《びしゃもんてん》の権化《ごんげ》といわれたほどの不識庵謙信に猛鍛錬された猛将勇卒がまだ多数のこっていて、猛烈に強い。当主の景勝も聞こえた猛将だ。家康はそれを知っている。

迂闊《うかつ》にかかっては手痛い目にあい、かえって徳川家の威光を損じ、上杉家の威勢を大ならしめ、ひいては東国全体の乱れとなりかねないと考えた。そこで、おさえとしてのこる諸大名に、

「上杉方からしかけて来ないかぎり、決してこちらから手を出してはならない」

とくれぐれも言いおいた。

ところが、政宗は全然これを無視して、しきりに上杉方の城に攻撃をかけた。攻撃をかけても手痛く叩きかえされるだけなのだが、決して懲りない。

そのうち、関ガ原の大合戦が行なわれ、東軍大勝利におわった。家康としては、こうなった以上上杉家の降伏は時日の問題だと思うので、また結城秀康の許に使いをつかわして、諸大名をいましめて上杉方にたいして軽挙妄動《もうどう》させてはならないと言ってやった。秀康はこれを通達したが、政宗は依然として攻撃をしかけては叩きつけられることをくりかえした。

これにはわけがある。東西の手切れにあたって、石田方は諸大名を味方に引き入れ

ようとして加増の墨付を乱発したが、家康もまた乱発している。政宗は関東方勝利の暁には百万石をあたえるという墨付をもらっている。しかし、年こそやっと三十四にすぎないが、世間と人間心理に通じている点では海千山千の政宗だ、こんな時の墨付は必ずといっていいくらい空手形になることがわかっている。これを空手形におわらせないためには、既成事実をつくっておくよりほかないことも知っている。

「よしよし、上杉家の領地から百万石になるだけ切り取っておこうわい」

と考えたわけだ。

政宗が制止を無視していく度も戦さをしかけては叩きかえされているという報告が大坂にいる家康の許にとどくと、家康は腹を立てた。

「決してこちらからしかけてはならぬと言ったのは、かかることがあると思うたればこそのことだ。二度もさしずしたことを聞かぬとは、伊達が心中まことにいぶかしい」

早速にまた使者をつかわして叱責してやった。戦さが勝つまでは諸大名の機嫌を取らなければならないが、すでに圧倒的大勝利を得て、天下人《てんかびと》となることが確実になった以上、遠慮する必要は、もう家康にはない。ずいぶんきびしく言ってやったので、さすがの政宗も恐れ入って兵をおさめた。

これが慶長五年十月末。

この年十二月から千代《せんだい》に城をきずき、翌六年七月完成し、八月に移り、千代の文字を仙台に改めた。

政宗時に三十五歳。

十

政宗は逸話の多い人である。江戸時代になってからの話を少し書いてこの稿をおわりたい。

元和七年正月に、政宗の江戸の屋敷が焼けた。ほんの一部分が焼けただけであったが、政宗は全部改築すると言い出した。老臣らはこれを諫《いさ》めた。

「それは大へんな物入りでございます。さようなことに金銀を費消されましては、万一軍役《ぐんやく》のことなどおこりました節は、いかが遊ばされます」

政宗は笑って、

「天下はもう太平じゃ。万一軍役などのことがおこったら、ご公儀から借用すればよい。造作もないことだ。心配するな」

と言って、普請したという。

彼が若くして蘆名氏をほろぼし、会津黒川城を取ってここを居城とした時、老臣等が城を壮大にしようと言った時、いつまでもこんな片田舎にいるおれではないとしりぞけたことは、前に書いたが、この時はこう変って来ている。大変化だが、これは時勢が変ったのだ。

　今や諸大名は雄略を持つことが禁物になっている。徳川家の機嫌を損わないようにすることが唯一の保身の方法なのだ。江戸の邸を広大贅沢《ぜいたく》にしつらえることは、徳川家の歓心を得る有効な方法となっているのだ。政宗にはそれがわかっているのだが、老臣らにはそれがわからないのである。

　また、団助《だんすけ》という歌舞伎遊女を京都から国許に呼び下《くだ》して歌舞伎興行をしたところ、加藤清正がこれを聞いて、

「伊達はよいところに気がついた」

　と言って、自分も熊本に遊女を呼び下して歌舞伎興行したという。

　これも保身の術だ。かつて豪勇を以て鳴った外様《とざま》大名らが柔弱な遊楽にふけっているということは、徳川家にとっては大安心であるに相違ないのだ。

　ある時、江戸城内で、政宗が老中酒井忠勝に行き逢った時、政宗はいきなり、

「讃岐《さぬき》殿、角力一番まいろう」

　とさけんだ。忠勝は、

「お上の御用で、唯今御前から退って来たところでござる。重ねてのことにつかまつろう」

と言い捨てて行き過ぎようとすると、政宗は、

「いざ、勝負!」

とさけぶなり、組みついた。

諸大名列座の前である。しかも、仙台侯と老中とが力士だ。晴れの大角力となった。

これを見て、井伊直孝が進み出て、

「讃州殿が負けられては、御譜代《ふだい》の名折れでござる。われら年若でござる。讃州殿にかわり申そう」

と言ったが、忠勝は大力の人なので、やがて大腰にかけて政宗を投げ飛ばした。

政宗はむくりと起き上り、

「やあ、讃岐殿、御辺は思いのほかの角力巧者でござるな」

とほめたという。

酒井忠勝が老中に補せられたのは寛永九年十二月だ。

そして、その十三年五月には政宗は死んでいる。この事件は政宗の六十六から七十までの間にあったのだ。当時としては極老の年といってよい。阿呆ぶりを示すのも保身の術なのだ。

家光将軍の時、幕府は政宗が三代歴仕の宿将であるというので、優待一方ならず、恩遇しきりに下り、たびたび将軍に召されて茶を賜わったり、酒宴にあずかったりし

た。政宗は老年に似合わず大脇差を差していた。しかし、家光の前に出る時はいつもその脇差を脱して進んだ。家光は、

「老年のこと、苦しからず、この後は脇差を帯びたまま進めよ。そちはおれにたいしてどんな心を抱いているか知らんが、おれはそちのことを少しも気づかいに思っておらぬ。これからは脇差を差したまま出ねば、盃はやらんぞ」

と、冗談めかして言った。

政宗は感涙とどめあえず、

「家康公、秀忠公の御二代にたいしては、拙者も不肖ながら身命をなげうって戦場の苦労もいたしましたが、上様には忠勤がましきことは少しもいたしておりません。しかるに、御代々の御余恩と、拙者が老衰の様を憐れみ給い、かくありがたき御恩遇をこうむりますこと、死すとも忘るまじく」

と、その日はことさらに酩酊して、ついには御前において前後も知らず大いびきをかいて寝てしまった。そこで、将軍の近習の者どもが、政宗のあの大脇差をひそかに抜いてみたところ、中身は木刀であったという。今は老いて壮心銷磨していることを示したのだ。

ある時、前に出た酒井忠勝が政宗を茶の湯に招待したことがある。忠勝は自慢の名器である利休の茶杓を示した。政宗はひねりまわして見ていたが、急に、

「この茶杓はつまらぬものでござる」

と言って、へし折ってしまった。

忠勝も驚いたが、客として招待しているものを腹を立てるわけに行かない。冗談ごとにしてすました。

やがて政宗は辞去したが、ほどなく使者がやって来て、

「先刻はお茶たまわり、かたじけなく存ずる。その節、興に乗じて粗忽《そこつ》なことをいたし、申訳なく存ずる。あの品のかわりに、この品を進上いたします」

という口上で、紹鷗の茶杓をさし出したという。

巧妙な贈賄《ぞうわい》である。

当時の外様大名で徳川幕府に媚《こ》びなかったものは一人もないが、同じく媚びるにも、政宗のやり方には豪快な機略と演出がある。英雄にして策士なのである。

彼にはなかなかの文学的才能がある。東藩史稿によると漢文一篇、漢詩三十首、和文二篇、和歌二百七十五首の作品がのこっているという。

四十年前、少壮ノ時

功名聊《イササ》カ復《マタ》自ラ私《ヒソカ》ニ期ス

老来識ラズ干戈《カンカ》ノ事

只ダ把《ト》ル春風桃李ノ卮《サカズキ》

余寒去ル無ク、花発《ヒラ》クコト遅シ
春雪夜来積ラント欲スルノ時
手ニ信《マカ》セテ猶ホ斟《ク》ム三盞《セン》ノ酒
酔中ノ独楽《ドクラク》誰カ知ル有ルモノゾ

出づるより入る山の端《は》はいづくぞと
　月に問はまし武蔵野の原

鎖《さ》さずとも誰かは越えん逢坂の
　関の戸埋む夜半《よわ》の白雪

後の歌は後水尾《ごみずのお》天皇勅撰の「集外歌仙」に採《と》られたという。

彼はまさしく先祖の政宗に恥じない文武両道の達人となったのである。

寛永十三年五月二十四日、江戸の藩邸で死んだ。年七十、法名瑞巌寺殿貞山禅利大居士。

解説

本郷和人

　本書は歴史小説の大家、海音寺潮五郎が武将たちの生きざまを描いた『武将列伝』より、石田三成《いしだみつなり》、蒲生氏郷《がもううじさと》、加藤清正《かとうきよまさ》、伊達政宗《だてまさむね》の四人を選び出して再構成した読み物である。天下人・豊臣秀吉《とよとみひでよし》と深い連関をもつ四人の人物像が活写されていて、実に味わい深い。

　いま海音寺は歴史小説家であると記した。疑いのない事実である。だが、ここに収録された四人の物語を「小説」というのには、多少の違和感がある。歴史小説には重要な要素が出てこないのだ。たとえば友情。加藤清正なら飯田覚兵衛《いいだかくべえ》・森本儀太夫《もりもとぎだゆう》、伊達政宗なら片倉小十郎《かたくらこじゅうろう》・伊達成実《しげざね》は家臣であると共に、青春時代からの得がたい友として登場してよいはずだ。また小説の華というべき恋愛がない。石田三成が一人の妻を大切にした顛末《てんまつ》も、政宗が美姫《びき》を侍《はべ》らせる話もない。物語を豊かに彩る素材をあえて捨てている。練達な作者がなぜ？

　結論を急ぐと、海音寺は、小説ではなく、史伝をこそ書きたかったのだと私は思う。史伝というのはいまは耳慣れぬジャンルになったが、歴史資料を読み込んで、それに忠実に人物像や事件の様子を復元していった賜物《たまもの》である。かつて山路愛山《やまじあいざん》や徳富蘇峰《とくとみそほう》は史伝をまとめることにより、「在野の歴史家」と高く評価された。文豪と呼ばれた幸田露伴《こうだろはん》や森鷗外《もりおうがい》は、小説と史伝の両方を書いた。海音寺もまた、たとえば『藩翰譜《はんかんふ》』『改正三河後風土記《みかわごふどき》』『蒲生軍記』を精読して蒲生氏郷の歩みを正確に叙述しているように、四人の生涯を史伝としてまとめたかったに違いない。

史伝を書くとは、まずは歴史資料の精査に始まる。当然、古い文体を自在に読みこなす技術が求められる。ついで、そこから得たデータを取捨選択しながら、史実・史像を組み上げていく。ここでは作家ならではの創造力が必要になる。さらにそれを為《な》した後には、今度は人々に過不足なく、興味をもたせるように伝達する作業が待っている。「筆の力」の出番となるのだ。

精査、創造、伝達。史伝をまとめるとは、全体として、とんでもなく困難な営為であることがわかる。けれども、ひとたび世に提供された暁には、それは皆が共有できる史像になり得る。海音寺は本書の如《ごと》く、みごとにそれを成し遂げた。彼は作家であるとともに、すぐれた歴史家と評価すべきである。

海音寺潮五郎（一九〇一年・明治三十四年〜一九七七年・昭和五十二年）、本名・末富《すえとみ》東作《とうさく》は鹿児島県伊佐《いさ》郡に生まれた。國學院《こくがくいん》大學高等師範部国漢科を卒業後、中学教師を務めながら創作を始めた。一九三四年、三十三歳で作家デビューを果たす。のちに

NHK大河ドラマの原作となった『天と地と』など歴史小説を多数発表した。國學院大學教授で戦国史を専門とし、『日本武将列伝』など多くの一般書を世に送り出した桑田忠親《くわたただちか》（一九〇二〜一九八七）とは親交があったという。つまり、「学問としての歴史」は彼の身近にあった。でも彼は、学者としての道を選択していない。歴史資料に忠実であり、検証に十分に耐えられる史伝の書き手の多くも、大学で学生を教える歴史研究者にはなっていない。この辺りの関係性はどう理解すべきか。

明治初期、政府は新しい国史を編纂《へんさん》すべく、修史局を設置した。現在の東京大学史料編纂所である。ところが修史局での編纂事業を進めるにあたり、責任者となった二人の学者の意見の相違が明らかになり、激しい論争へと発展した。

対立は、具体的には『太平記』が描く「桜井《さくらい》の駅の別れ」の解釈で露《あら》わになった。言うまでもないが「桜井の駅の別れ」とは、死を覚悟して足利尊氏《あしかがたかうじ》との戦いに赴く楠木正成《くすのきまさしげ》が、摂津《せっつ》国の桜井の駅で幼い我が子・正行《まさつら》と今生の別れを交わしたエピソードである。薩摩《さつま》藩出身の重野安繹《しげのやすつぐ》は、「歴史の叙述は確度の高い歴史資料（例えば古文書、貴族らの日記）に則して為されるべきである」とし、物語である『太平記』のみが言及する「桜井の駅の別れ」は史実とは認められない、と科学的な国史学からの排除を唱えた。これに対し、木戸孝允《きどたかよし》からの支持を得た川田剛《かわだごう》（出身は倉敷《くらしき》）は、「あまりに厳密な日本史像の構築には賛成しかねる」とし、それを推し進めると日本人の精神が崩れかねない、と説いた。

　川田とて、実証的な論考を否定しているわけではない。フィクションを積極的に受容して、学校で「面白い日本史」を教えよう、などとは言っていない。ただ、あまりに厳格な実証性を追求すると、日本史がやせ細ってしまうのではないか、と恐れたのだ（実際に重野は存在に疑念が残る人物を徹底的に排除したため、「抹殺博士」の異名を奉られた）。だが、論争は重野の勝利に終わり、川田は下野した。重野は東京帝国大学の教授となり、川田の学問は國學院大學で受け継がれていった。

　川田は日本人の精神や思想をも包含した、より重層的な日本史を目指したと私は理解している。とすると、忠君愛国を過度に強調した「皇国史観」は、川田の理念の「鬼子」として誕生したともいえる。また敗戦後に「皇国史観」を徹底的に否定したところで力を得た「唯物史観」には、重野の説との親和性を見ることができる。これも説明は不要かもしれないが、「唯物史観」は科学としての性格（エビデンスを明示し、検証可能性をオープンにする、という意味で）を何より重視する方法で、社会の階層性や生産構造の解析に注力する。個々の戦国武将の感情や理念は考察の対象になりにくい。

　私は東大に学び、史料編纂所に勤務している身であるが、川田の危惧はよく分かる。というかそれは、現実のものになっている。いま「学問としての日本史」は、若年層にまことに人気が無い。日本史は情緒や共感とは無縁の、客観的な科学である。そう主張する余り、（理論構築に習熟していない中等教育の段階では）授業は無味乾燥なものになりやすく、一方通行のつまらない「暗記モノ」の科目として忌避されているのだ。

どうしたら、子どもたちが「ああ、勉強して良かった」と納得してくれる「日本史」にすることができるのか。この課題に直面する私は、史伝が解決の糸口にならないか、と考えている。かたや「面白いけれどフィクションである」小説。かたや「検証は誰にも可能だけれどつまらない」学問。史伝は両者を結ぶところに結実する。ならば、史伝こそは、日本史学の可能性なのではないか。

自身が抜群のストーリーテラーであり、一方で戦後の「唯物史観」の隆盛を見ていた海音寺は、この辺りのことをどう言っているのか、と探してみると、次のような言葉が見つかった。「日本の義務教育制度における歴史教育において『子供に最初から史実のみを社会科学的に教えることは、歴史への関心を失《な》くすとともに、一方の側からのみの宣伝を教えることになる』」。だから「歴史はまず文学から入るべき」だというのだ「「自作朗読『天と地と』、文学と私」（一九七二年二月十八日放送）NHKラジオアーカイブス」。

私自身は「人の心の中は、他人には分からない。だから、歴史学は人の心情にまで安易に踏み入るべきではない」と思うので、やはり、日本史は日本史、文学は文学として峻別《しゅんべつ》すべきだと考えている。でも本書の芳醇《ほうじゅん》な叙述を見るならば、海音寺の説くところにはたいへんな魅力を感じずにはいられない。日本史はどうあるべきなのだろうか。とくに子どもたちに、どう伝えるべきなのだろうか。本書の豊かな成果を参考として、皆さんに是非、考えてみていただければと念願している。

（ほんごう・かずと　東京大学史料編纂所教授）

編集付記

一、本書は中公文庫オリジナルです。

一、本文中、今日の人権意識に照らして不適切な語句や表現が見受けられますが、著者が故人であること、執筆当時の時代背景と作品の文化的価値に鑑みて、底本のままとしました。

底本『新装版 武将列伝 戦国終末篇』（文春文庫・二〇〇八年六月）

中公文庫

武将列伝《ぶしょうれつでん》　秀吉《ひでよし》の四傑《よんけつ》

2025年3月25日　初版発行

著　者　海音寺潮五郎《かいおんじちょうごろう》

発行者　安 部 順 一

発行所　中央公論新社
〒100-8152　東京都千代田区大手町1-7-1
電話　販売 03-5299-1730　編集 03-5299-1890
URL https://www.chuko.co.jp/

DTP　嵐下英治
印　刷　三晃印刷
製　本　小泉製本

Published by CHUOKORON-SHINSHA, INC.
Printed in Japan　ISBN978-4-12-207628-0 C1193

各書目の下段の数字はISBNコードです。978－4－12が省略してあります。

中公文庫既刊より

か-1-6
悪人列伝 大河ドラマ篇　海音寺潮五郎
藤原兼家から田沼意次まで。史伝の大家による大著から、大河ドラマでも異彩を放った「悪人」たち七人を選び、その人間的魅力を味わう。〈解説〉ペリー荻野
207617-4

い-143-1
今村翔吾と読む 真田風雲記　今村翔吾編
『真田太平記』を読んで作家となり、真田愛溢れる歴史巨編『幸村を討て』を著した直木賞作家が、敬愛する泰斗の珠玉短編から選りすぐった真田家傑作選。
207544-3

い-143-2
幸村を討て　今村翔吾
真田家が大坂の陣に仕掛けた謎へ、天下人徳川家康が挑む。直木賞作家が家族をテーマに綴った、単行本時各紙誌絶賛の傑作歴史ミステリー。〈解説〉大矢博子
207579-5

う-28-15
翻弄 盛親と秀忠　上田秀人
偉大な父を持つ長宗我部盛親と徳川秀忠は、立場は違えどいずれも関ヶ原で屈辱を味わう。それから十余年、運命が二人を戦場に連れ戻す。〈解説〉本郷和人
206985-5

う-28-16
新装版 孤闘 立花宗茂　上田秀人
乱世に義を貫き、天下人に「剛勇鎮西一」と恐れられた猛将の、対島津から対徳川までの奮闘と懊悩を精緻に描いた、中山義秀文学賞受賞作。〈解説〉末國善己
207176-6

う-28-17
夢幻（上）　上田秀人
織田信長の死により危地に陥った家康は、今は亡き長男信康の不在を嘆くが……。英傑とその後継者の相克を描いた、哀切な戦国ドラマ第一部・徳川家康篇。
207387-6

う-28-18
夢幻（下）　上田秀人
織田信長の「天下」が夢でなくなり、徳川家康の価値は薄れつつあった。本能寺の変に至るまでの両家の因縁を綴った、骨太な戦国ドラマ第二部・織田信長篇。
207388-3